海北路九号

HAIBEILU JIUHAO

梁云山◎著

黄河出版传媒集团
宁夏人民出版社

图书在版编目（CIP）数据

海北路九号 / 梁云山著 . —银川：宁夏人民出版社，2018. 5

ISBN 978 - 7 - 227 - 06910 - 2

Ⅰ. ①海… Ⅱ. ①梁… Ⅲ. ①诗集—中国—当代 Ⅳ. ①I227

中国版本图书馆 CIP 数据核字（2018）第 115762 号

海北路九号 梁云山 著

责任编辑 杨敏媛
责任校对 白 雪
封面设计 文飞燕
责任印制 肖 艳

黄河出版传媒集团
宁夏人民出版社 出版发行

地 址 宁夏银川市北京东路 139 号出版大厦（750001）
网 址 http：//www. yrpubm. com
网上书店 http：//www. hh-book. com
电子信箱 nxrmcbs@ 126. com
邮购电话 0951 - 5052104 5052106
经 销 全国新华书店
印刷装订 四川金邦印务有限公司
印刷委托书号 （宁）0009543

开本 700mm × 1000mm 1/ 16
印张 15 字数 300 千字
版次 2018 年 7 月第 1 版
印次 2018 年 7 月第 1 次印刷
书号 ISBN 978 - 7 - 227 - 06910 - 2
定价 68. 00 元

天风浪浪　云山苍苍（代序）

陈　迅

湛江这片红壤厚土，是个出人才的地方。二十世纪七八十年代以来，出了好些名气不小的诗人、作家。他们各领风骚十数年、数十年，近年来更有一个个如假包换的诗人，在这片诗情画意的土地崛起。

梁云山是业余写诗的，业余写诗的梁云山是一枚靓仔。我认识他时，是他写诗写得特别勤的年龄，有的诗写得美，"嗞嗞"的如春草、柳枝在风中摇曳，随时出人意料地"蹦"出一两个尖新的句子，一下子把读者的注意力吸引过去。但实话实说，那时他的诗还是嫩了点。直到过了两三年他才好像突然"灵醒"了，学了杜甫"转益多师是吾师"，进口美国现代派庞德、艾略特他们的锅碗瓢勺和芝士、酱汁，炒他雷州半岛的私房菜。于是他的诗更上一层楼，让人眼前一亮！

这是一本很有特别意味的诗集。诗人把自己写的 113 首诗放进去，邀请 18 位诗界"大咖"仗义捧场。诗人评论诗歌本是小菜一碟，各人站在自家屋檐下，大眼瞪、小眼看，目标在前，自由发言，自由立论，自主论证，想到什么就说什么。他们本来就是内行，持论有据，论证充分，这就使得诗与诗评相得益彰。即使敲键盘的手指一不小心过了界，"啪"一声敲错一个键，那也有可能是某种意义的不同凡响。于是，这本诗集就俨然一个"诗歌沙龙"——这真是绝妙的点子！写诗的和评论诗的聚到一处，"有匪君子，如切如磋，如琢如磨”。

清朝性灵派教头袁枚说：“所谓诗人者，非必其能吟诗也。果能胸境超脱，相对温雅，虽一字不识，亦真诗人矣。”袁枚的意思，诗人不一定要饱读诗书，心胸宽广超脱，不必太温文尔雅，即使是文盲也是诗人。闻花开有信而喜，见歧路落难人而怜，憋着一腔悲悯才算是真诗人——想想也是。写诗作文，如果只一味雕琢文字，那越雕琢就越乏味，弄巧成拙。“两句三年得，一吟双泪流。知音如不赏，归卧故山秋。”贾岛和尚为了“独行潭底影，数息树边身”这两句不算特别的诗，琢磨了三年。

有此一说：诗是缪斯冠冕上的钻石。但关于诗歌艺术的理论，老外们实际上不见得怎样高明。倒是我们的古人，诗歌理论一套套，要什么就有什么。比如，唐朝司空图《二十四·诗品》中“天风浪浪，海山苍苍”。我“拿来主义”，改一个字，“天风浪浪，云山苍苍”聊作本文的标题。

目　录

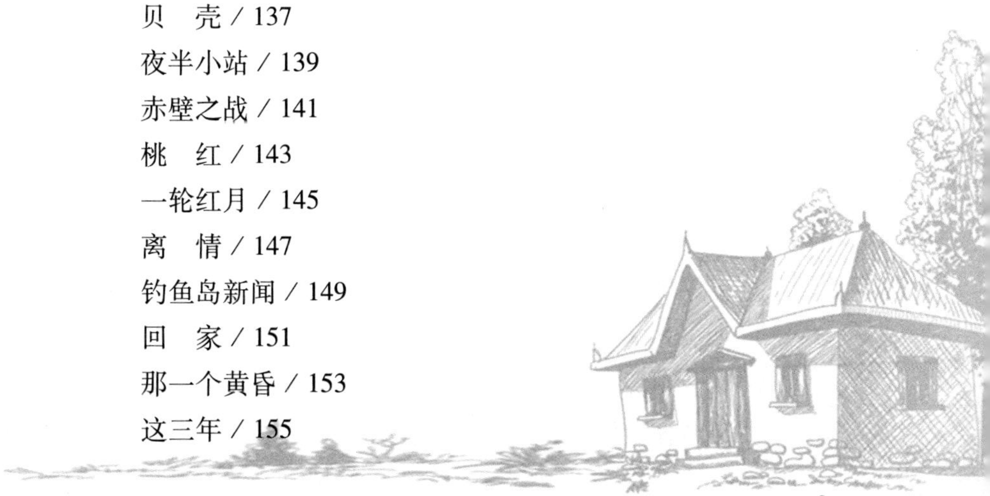

人间四月天

四月的记忆总让小雨笼罩
包括这颤抖的阳光
这葱茏的土地
四月的第一天，午后
我打扰了，一棵野杜鹃的安详

一串叹息被拖进大海
混杂着远远的涛声
汇成了一轮红日
四月的第二天，早晨
我扯起了，旧船帆一样的日子

清明在四月是个反义词
那些早起的哭泣，漫山遍野
缭绕着杜牧的千年客愁
夜半，又弓腰爬起
我翻开了，父亲的那本旧病历

四月的梦总是干洁如洗
每每入梦之前
我总把天空、大海、渔村、田野
和那几片山坡，细细地梳理一遍
包括从那红树林里，倏忽闪出的水鸟

四月在人间，那样飘飘洒洒
四月的主题曲，是声声教诲
伴奏里，有轻微或猛烈的咳嗽
我时常在一排排狗尾巴草的怂恿下
一路一路地，反复哼唱

赏析：人间四月天，本来是不冷不热的好时节，充满温馨和希望。但本诗所描写的，却是另一种情景和感受。首先是毛毛小雨，颤抖的阳光，“旧船帆一样的日子”。接着是遍野哭泣、千年乡愁，父亲的旧病历。四月的田野也很单调孤寂，一贫如洗……或许不同季节也因人的不同境遇，生出不同甚至相反的感受。对于不同人的感受应是不同的。诗人的真纯和诚实，在目光中的众多意象和意境里，在内心真实的体验和感受中，显得相当真实可信。这就是诗人的真诚，诗的真诚，没有半点虚假和粉饰。(洪三泰)

海边古镇

那烟雾缭绕的水墨色
在画里，在梦里
在汗渍与泪渍之间

那肃立岸边的故事
历史的刀痕依稀可见
刀痕的情节仿佛可辨

男人们的梦寐
浸泡了多少个年头啊
似海鸟一般丰腴

站上高处放歌
青石街为词，海风伴奏
吼几声刚烈啊
也哼哼寡妇们，那绵延千年的哀怨

炊烟又起
潮声从天际爬来
越来越近，越来越稠
直至把歌声掩盖

赏析：这首诗开笔立即让读者受到震撼。水墨色和画里梦里是类似意象，汗渍泪渍亦然，前后意象融合便成为古镇往昔令人悲戚堪忧的图景。“那肃立岸边的故事”承受过刀砍的痛苦，刻成的情节还在。后面写男人沉梦中刚烈的吼音，女人绵延的哀怨。至此，海边古镇的命运便可知一二了。

……炊烟又起，潮水又来，一切都如此自然地重复，在重复中生长或消亡。诗人的家国情怀在忆念中顿生了。诗所隐含的意蕴要读者细加感受和解读。这便是诗人心灵的歌，有忧伤，有感奋，更有热切的期待。这首诗，给读者留下广阔的想象空间，很有艺术审美的价值。（洪三泰）

湛江北站

老远就望到了
你依然高耸的头颅
老远就翻开了
你日渐昏黄的记忆

我曾泅过琼州海峡
徒步几百里
赶上你的月台
也曾经趁着月色
把那戴着红袖章的梦
放倒在长条椅上

那一年漫天大霜
你升起了半岛暖暖的炊烟
那一年春回大地
你一厢厢地拉走了
我们的歌声

一溜红瓦平房
隔断了多少视线
两行铁轨
传递过万千呼唤
我曾经的一段橘黄色爱情

起点与终点在这里重叠

那曾经的喧嚣啊
正躲在历史的某个角落
把你张望
为你揪心

风啁啾掠过
麻雀成群结队地
踩着你闷痛的骨肋散步
那些汹涌的小草啊
每天都在占据
你的地盘

南来北往，风雨兼程
轰轰隆隆，远远近近
老北站啊
时代的列车不会停靠了
但我们的心会时常停驻

赏析：这是一首十分逼真、生动、沧桑感很强的历史抒情诗。湛江北站，承载了一段沉重的既充满激情又缠绕着惆怅思绪的历史。诗人少年在这里的感受是深刻揪心的。北站始终高耸头颅，这是激昂的时代背景使然。诗人也不例外地热血沸腾：泅过琼州海峡，徒步几百里，赶上月台……红袖章的梦想奔突远去，两条铁轨传递万千呼唤。四句情境描写，十分逼真：“南来北往，风雨兼程，轰轰隆隆，远远近近。”诗人入心入骨的体验，是永远难以忘怀的。可以说，这首诗是时代的真实印记。若干年后，沉睡的历史也会倏然醒来，带有几许战栗。诗人善于在纷繁复杂的现象中，滤出几种独特的尽显时代特征的形象和意象。（洪三泰）

灯楼角

——祖国大陆最南端，遥望海南岛，那里有闻名的古灯塔。

一样的悠悠白云

五千年前的一个午后
我从这里经过
我缩在襁褓里
缓缓移动的木排上
还载着两双焦虑的眼

一千年前那天下着暴雨
我擎起竹竿撑船
划开层层雨帘
望见了南边依稀的海岛

灯是一位海嫂的眼睛
原先挂在海边的树上
挂了整整八百年
后来她的女儿
用海螺垒起了灯楼

记得一百年前那个月夜
我赶船经过这里
捡到了她倔强的倒影

赏析： 写灯楼和古灯塔，诗人追溯到五千年、一千年、一百年，为的是让古灯塔具深邃的历史氛围，彰显灯塔对于航海人的重要作用。人类和海对灯的梦想，从无到有，时间是何等的漫长！从襁褓到竹排到船，在汹涌澎湃中，灯的照耀，是何等的重要！诗人把灯比喻为一位海嫂的眼睛，寓意是深刻的，海嫂对海上人的安全归来，应是望眼欲穿，把眼睛当作灯挂在树上，一挂就是八百年，这是一种永远的期望。这灯楼角在海嫂的眼里是多么的重要啊！诗人把古灯塔放在历史的深处、航海的高处、发光的远处加以描述。于是，灯塔就显得高尚而珍贵了。（洪三泰）

熟了，芳流墩

黄皮果熟了，菠萝蜜熟了
荔枝红了，水稻黄了
城里的诗人们，来了
如候鸟一般飞翔着，来了
如醉汉一般吆喝着，来了
如台风一般奔腾着，来了

诗人们来了，一切都熟了
熟了七十年前的一声啼哭
熟了五十年前的一片云
熟了，二十年前的一轮月

熟了老妈妈的歌谣
熟了儿女们的心愿
熟了老井旁的一孔眸
熟了，若干年后千个梦

啊！那熟了的，还有那一张张笑脸
让六月的风一吹，诗便簌簌地往下掉
掉在这熟了的土地上

注：芳流墩，远近闻名的作家村。

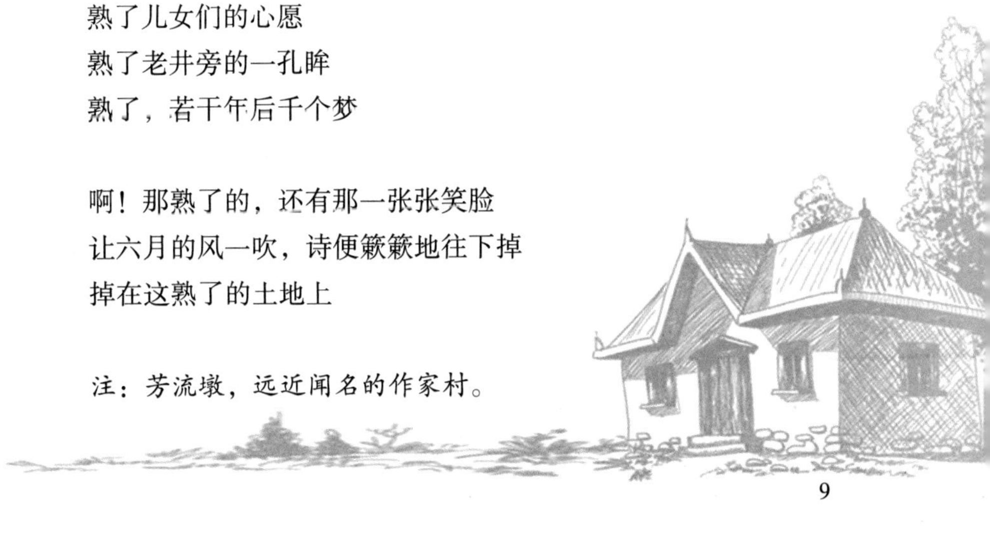

赏析：一个“熟”字是诗人的重要发现，是这首诗的诗眼，是诗人写诗的智慧。一、开笔即见黄皮果、菠萝蜜、荔枝、水稻的成熟形象，这成熟的温馨的色彩与诗人真挚感情的甜蜜相融合了，构成神奇的画面。诗人以通感的才华使这“熟”浑然天成了。二、“诗人来了，一切都熟了”，又是诗人的独特发现。“候鸟”如期来庆熟，“醉汉”用热烈感情之酒来浸熟，“诗人”以奔腾的台风般激情来催熟，都夸张到了极致，很有特色。三、不但空间熟了，时间也熟了。七十年、五十年、三十年都熟了，是诗人催熟功力使然。这是诗人情感的飞越。四、老妈的歌谣熟了，儿女的心愿熟了，那孔眸和梦都熟了，是全诗的精神升华，与熟的土地融通了。梁云山以诗人独具的慧眼，不羁的热烈情感和突发的想象力使一个“熟”字如此诱人！（洪三泰）

羊　群

我是一千多年前
敕勒川，阴山下的一只羊
点缀过苍茫

那个黄昏的风比往常要猛
我们与草一起往下倒
瞬间消失于乐府，逃离了历史
但也是从那一天开始
我们学会了，躺着看天

追着寒流的尾巴往南走
是很多年之后的事了
也一直走了，很多很多年

赏析：羊是温顺吉祥的动物，汉字以大肥羊为美。有一头羊从汉乐府逃逸，逃到了21世纪。流浪才是生命的常态。我本善良，我才是这头穿越无数历史风云的羊。（陈通）

石　榴

每每一口咬下
我都轻轻眯上眼睛
这时候，她就会翩翩而来
一手牵着小狗
一手牵着，一段岁月

这么多年了
我时常在花期里睡眠
在果期里醒来

赏析：这首诗小巧、精致，体现了诗人驾驭文字的能力。诗中的石榴不是一般的果实，她是爱情的信物，寄寓着太多关于爱情的追忆。乃至于沉睡在花期里的爱，闻到馥郁的果香就会苏醒。（陈通）

小木桥

走过小木桥，你在春夏
春风送来小花
夏雨轻拍木屋

走过小木桥，我在秋冬
秋叶带着心绪
飞进冬日的冷油画

曾有一个梦，能把季节重叠
于是你我同倚栏
仰望天上的流云

但我不敢看流水
怕会映着
你的妩媚，我的沧桑

赏析：“曾有一个梦/能把季节重叠”，这个梦是爱，是对美好未来的共同憧憬。往事不须记，亦不堪回首。你还是那个妩媚动人的姑娘，而我已经沧桑了容颜，心房已经结满老茧。《小木桥》是一座爱情的断桥，今生注定无法跨越，你在那头，我在这头。（陈通）

北部湾渔村

小时候，海很大
大过七八里外那闹哄哄的市集

渔村的夏季总有收音机在响
往往有异域的电波在呼啸
台风信息飘着海泥的腥味
巷子那头，鼾声入夜，像虫鸣的节拍

那个初夏，海很凶残
一口气，就吞了好几年光景
寡妇眼睛的白光闪过树梢
哭声糨糊一般黏
涛声摇摇晃晃
晃过那片红树林，晃过田野
驮着摇摇晃晃的村子在走

那个深秋，海却很善良
站满海坡头的渔妇，携儿带女
把海面一点白光，哭成一挂白帆
哭红了午后的太阳
哭回了一船男人
那时候，海很美丽
美如滩头小庙里那观音的神韵

长大后，海渐渐变小
小于父辈眼眸深处那丁点蓝
小于一滴乡愁
而渔村，终成了一坛药酒

赏析：这首诗是一曲流溢着浓浓乡愁的悲喜剧。诗人用大海隐喻人生，告诉读者，人生有时也会如大海一般的波诡云谲，只有搏击风浪，才可抵达成功的彼岸。小时候，海很大，长大后，海变小，预示着生命之臻于成熟。（陈通）

与通哥对弈

所谓酒后吐真言
通哥在酒后
却吐了满桌子假棋
红的，黑的，红黑相间的
正像通哥一样，皮笑肉不笑地
冲着我笑

马蹄声声。中盘时风起，天色灰暗
我忽然想起
那拱过楚河的三路兵
没了音讯

赏析：棋子无所谓真假。两军对垒，攻心为上，攻城次之。不战而屈人之兵，方为上策。智勇兼而有之，可稳操胜券。所以，皮笑肉不笑的棋子，实质是隐藏着深刻的计谋。拱过河的兵，为啥没了音讯？昭示战斗之惨烈，给人留下思索的余味。（陈通）

一支小雨伞

回望二十年的天空
有一支小雨伞开出了花
那是风铃花，在校园，在湖边的道上
摇着风，摇着雨，摇着片片阳光

起初，你是小雨伞的主人
一手撑着伞，一手抱着书
踩着校钟的思绪，向我走来
至今我还能记得，那黄花摇曳的背景

不久，我也成了伞的主人
撑起雨滴虫鸣，撑起朗朗书声
撑着我们的爱情，在四季里遨游
至今我还能哼唱，那风铃花奏响的乐曲

后来，在一个风大雨急的午后
你温柔地拉过我的手
让我一个人，做小雨伞的主人
至今我难以忘记，你转身时那缭绕的水汽

后来，小雨伞成了岁月的主人
带着我爬过一道道坡，跨过一条条河
我时常在梦里，跑到那湖边

去凝视那朵朵落花的眼睛

回望二十年的天空
那一支小雨伞开出的风铃花
把我的人生，把我对你的思念
装扮成，一瓣瓣飘洒的金黄

赏析：这一支小雨伞下，最初只有她一个人，后来多了他。再后来，她抛下他，自己跑了。二十多年后，他还在想着伞下情意，可谓一片痴心。或许，爱情有时候可以是一个人独享的，不一定非得成双成对，不一定非得让她知道。没有女人爱的日子，挺自在的，尽管会有绵绵无尽的思念。（墨心人）

寒姑的红包

最疼我的寒姑
每次见我，几乎都给红包
起初是一毛五分的
用一块不规则的红纸包着

听村里的叔叔伯伯说
我寒姑是方圆几十里最漂亮的女人
可惜嫁了一个酒鬼
生了一大堆孩子

寒姑常被酒鬼痛打
有一次熬不住，跑回娘家哭
那次她也给我红包了，怔怔地笑着
看着我把拆下的红纸，扔到地上

寒姑唯一一次不给我红包
是酒鬼死去那年。她回娘家
我绕着她转了好几圈
她只是摸我的头，就是不给

就是在那次，没领到寒姑红包的我
像是读懂了寒姑

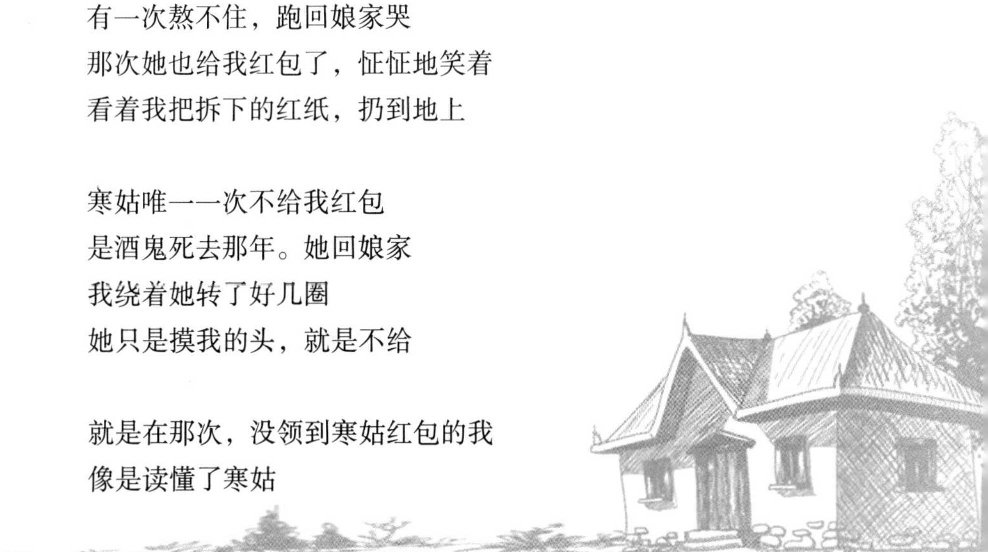

赏析：为了诗的第四段，我和诗人有过交流。我说寒姑这次没给红包，是因为穷了，给不起了。他说不是，应是寒姑有丧在身没了心情。但是纵观全诗，我认为穷的解释是最妥当的。此诗塑造人物不输小说，有感人魅力。（墨心人）

除夕前一天

在厦门某大学的女同学
又给我寄酥饼了
是 2017 年 1 月 20 日寄出的

除夕的前一天
偌大的办公楼少有人语
我坐在办公室里
慢慢地，轻轻地，拆包裹
读她一并寄来的，新年快乐

感觉有海鸟的叫声
一阵阵，一阵阵地，传来

赏析： 除夕前一天又收到某女同学寄来的酥饼，这个“又”字有故事。恰好在除夕前一天收到，说明邮寄者精心计算过邮寄时间，早一天或晚一天，意义或者说情意似乎都有所减弱。这份细腻心思，令人感动。无论是爱情、友情还是同学情，都不重要，重要的是这一份记得。慢慢拆着包裹，慢慢享受这份“一并寄来的新年快乐”，“恍惚间，有海鸟的叫声/一阵阵，一阵阵地，传来”，往昔某种情怀，突然在心灵深处咯噔了一下，有一种被蚂蚁咬了一口的感觉，隐约的疼痛感或者说是酥痒感，轰然打开了诗的空间。（墨心人）

古荔枝树

二百年前那绕着脖子的手温，还在
二百年来那日夜对望的屋檐，还在

曾经一次次倒下
是那迎着风雨、飘然而至的蓑衣
一次次，让生命延续

用心去挺拔，用血去结果
感恩每一捧清泉
感受那如风流过的忙碌

难忘那年那月，那个夜晚
主人妈妈牵手孩儿
在枝丫寂静下，仰望星空

赏析：诗的空性灵性在古荔枝树上下翻飞。树下人家，二百年宗生族攒，瓜瓞绵绵，是许多乡村的一个缩影。老妈妈年轻时，也曾带着孩子在树下仰望星空，亲切、美好！（墨心人）

服务区

疲惫里开出花儿来
在漫漫的旅程
两颗依偎的心
就停靠在花瓣的影下
休憩片刻

花瓣里现出船儿来
在这样的夜里
两个颤动的梦
就漂浮在船的节拍里
荡漾星点下

醒了就继续前行吧
回首记下
兰海线 K3366
二月九日夜，二时

赏析：高速公路的服务区，几十公里就有一个。我曾经每年走京港澳高速几个来回，走累了就在服务区睡一觉，睡醒了就走，没想过会有浪漫的事情发生。兰海线上的缠绵悱恻，似乎能让心灵震颤，值得再走一遭。（墨心人）

挂　历

挂在墙上的日子
略略泛黄了
那个徘徊着小雨
缠绵着蔷薇香的午后
却依然翠绿
那抹一直迷离着的眼神
依然在水汽中迷离
那个令人失落的拐角
依然盘旋着信笺的碎片

新挂上的一年
轻飘飘的
看上还有点歪斜
像那个季节那袭离影
远远站立的姿势

赏析：旧挂历里的日子，有些失落的记忆。新挂历里的日子，依旧让人想起从前。新旧挂历，对应的是一种情绪。人生其实很丰盈，因为堆满往事。（墨心人）

窝里的雏鸟

左边那个，多么像我
右边那个，多么像我妹

树荫外的烈日
像毒蛇在游走
我不敢看见匆忙的羽毛

忽然想起，八岁那年
母亲走夜路摔断了日子
父亲赶海，带着风暴回来

赏析：谚语云“劝君莫打春头鸟，儿在家中盼母归”。鸟巢里的两只雏鸟，让诗人想起了自己两兄妹，想起了含辛茹苦养家的父母。“烈日像毒蛇在游走”是好句，几个闪回的画面是泪点。（墨心人）

美　玉

带着山泉，和鸟的鸣啾
带着大山的孤寂与冷艳

迷迷惘惘出山，如弯月一般清冽
迎着欢呼入世，像明星一样闪亮
盛装下娇艳欲滴
历千百年容颜不改

伴随过虚情假意
也曾为海誓山盟暗洒清泪
多少悲欢离合，全是黄粱一梦
几许坎坷荆棘，已化作流云

何必烦忧，原本就不属尘世
何苦自伤，哪怕为人间情仇

赏析：这诗写了一块美玉，又像写了一个村姑。历千百年容颜不改的，必非凡品，有较高的审美视野。我在小说中写过一个村姑，虽然和此诗说的不是一回事，但里头有几句话可为阅读此诗添一点佐料：每个女子都有一段山泉般的时光。然而山泉汇入山溪、汇入江河湖海的过程，是一个被污染的过程。此后就再也没有人能从江河湖海中提取出山泉了。山泉如此，美玉恐怕也差不多。（墨心人）

相遇北部湾

盘古开天地。千万年间
曾有这样一个午后
就斜斜地插在
一块名叫北部湾的海面

细浪从远古爬来
轻吻着海鸟的忧伤
这时，风也从遥远的国度吹来

她拖拽着海天做成的裙裾
而你，正在细细诵读
一行脚印
海水涌到脚边的时候
海风，正好抵达耳际

赏析：我曾对诗人说，这诗让我想起了法国诗人雅克·普列维尔的《公园里》，诗人很惊讶，说这你也看得出来，我写的时候真的是想起了那首诗，你牛！我知道他是在哄我开心。两诗看不出有什么血缘关系，但好诗像美人，总有美的共同点。我欣赏这个令人心跳的午后，正如我欣赏“巴黎是地上一座城/地球是天上一颗星”一样，有一种情绪，正好抵达心头。(墨心人)

小精灵

这天宇，也在凝望你
刚刚划过的流星
是送你的礼物

这时候，四周已没有叮咛
你脚踩的地球
安安静静

穿越你眼眸的清澈
可以找到
个大于宇宙的，浩瀚空间

赏析：看这诗，像是看一幅图画。女儿是父亲心中的小精灵，唱歌跳舞蹦蹦跳跳快乐无边。被父亲无限放大的她，脚踏地球，眸子里有另一个浩瀚空间，或许能容得下父爱。（墨心人）

三十五号台

很多很多人
很多很多笑脸
很多很多冬日里的春意
三十五号台，静静等候着

还有阳光淌下来
阳光淌下来的时候，水冒烟了
云南深山里来的几朵花
撑开了婀娜的身子

我有心情，有香茶
你有故事么

赏析：生活处处有诗意。作为一名诗人，必须时时留心生活，做生活的有心人。此诗就是诗人等待朋友饮早茶过程中的心情写照。台是固定的——三十五号，位置是最好的——天花板上有阳光淌下来；茶当然也是靓茶——“云南深山里来的几朵花/撑开了婀娜的身子”……

除了喝茶，还谈些什么呢？故事——你的故事，我的故事，他（她）的故事。生活怎能没故事，生活怎能没茶香，生活怎能没阳光？

此诗看似随手拈来，却很有味道，如一杯淡淡飘香的茶。（邓亚明）

外　婆

坐在那老凳子上
习惯了遥望
有时用眼，有时用心

拄上拐杖的影子
依旧长发飘飘
心情在小路前亭亭玉立

望得见村口的老榕树
镇上的鱼街味
望得见那驮着轿子的唢呐声
以及好些年前那场油菜花

偶尔回眸，也在遥望
遥望那一间旧瓦房
那一块硬床板
遥望那从屋顶淌下的方形光柱

快一百岁了
除了前前后后为外公喊过几回
生活里再没有，像样的哭泣

赏析：每读起此诗，耳边总响起电视剧《红高粱》插曲《九儿》的旋律。饱经沧桑的外婆，有过年轻的时候，有过油菜花一样灿烂金黄的梦想，即使岁月老去，即使拄上拐杖，她“依旧长发飘飘/心情在小路前亭亭玉立”。人总得服老，谁也不能让时间停止，老了的外婆喜欢坐在老凳子上遥望，“有时用眼，有时用心”。她望见了什么？“望得见村口的老榕树/镇上的鱼街味/望得见那驮着轿子的唢呐声/以及好些年前那场油菜花//偶尔回眸，也在遥望/遥望那一间旧瓦房/那一块硬床板/遥望那从屋顶淌下的方形光柱”……所有这些，都是外婆初嫁过来时的样子，经过她的辛勤打拼，不向命运低头，而今一切都已经改变，生活已经是春暖花开。

全诗以“遥望”一词作主线，贯穿始终，将时光拉近眼前，仿佛上演一出“穿越剧”。(邓亚明)

寒冬看海

怕你冻着，来看看你
你竟然这般汹涌

她，今天不来
往后大概也不会来了

风太大，太冷
念首诗给你听听
我也要，回去了

赏析：这海有故事：曾经，“我”与恋人漫步海边，海见证了爱情；现在，海边只有“我”一人漫步，海还是同样的海，浪花还是同样的浪花，可她没有来，估计以后也不会来了，曾经在海边写下的诗句，她再也听不到了，“我”只好念给大海听了。其实，念给大海听，也是念给她听，海风可以传递，海浪可以带走……这情也太深、太执着了。

诗中刻意突出海边“风太大，太冷”，对渲染感情起到了很大的作用。(邓亚明)

等　你

热茶杯，一时放左边
一时放右边
一时放前边
却一直，没有放嘴边

终于，你来了
茶水面上
立即刮起一阵，八级大风

赏析：等人是焦急的，特别是等在自己心中占据着重要位置的那个人。茶杯一会放左边，一会放右边，一会放前边，“左”“右”“前”三个方位，刻画出诗人望穿秋水的心情，“却一直，没有放嘴边”，这一句，说明被等的那个人的重要性，她还没来，自己是不能随便喝的，即使喝了，也是淡而无味的。终于，她来了，茶水面上，立即刮起一阵，八级大风。通过夸张手法，把“我”等人的急切心情、喜悦心情、幸福心情一一蕴含在里面。(邓亚明)

一滴水

下午六点半的都市
阴天，华灯未上
街道像一条虫在蠕动

一滴水，忽然跳进车内
在仪表板上颤抖几下
站定了，闪着光

瞬间，那光黏上了我的神经
迷惘中，我把这不速之客
扩大了亿亿倍

然后，我看见水滴内的城市
看见与我相仿的人，带着忧伤
在芸芸众生中驾车
朝着家的方向

赏析：滚滚红尘，芸芸众生，家是最温馨的港湾。熙熙攘攘的城市里，人如蚁，疲于奔命，忙于生计。在下班赶回家的路上，一滴水跳进车窗里，在仪表板上颤抖。诗人马上抓住这滴不知来自哪里的水，生发联想：“我看见水滴内的城市/看见与我相仿的人，带着忧伤/在芸芸众生中驾车/朝着家的方向”。一滴水能照见整个世界，整首诗意味深长。(邓亚明)

腊　月

寒风飕飕。我走出街灯
开始时蹑手蹑脚
紧接着大步流星
我要挣掉鞋和袜，甚至外套
跑出一片荒野来
我要追寻一股香味，一缕暖意
跑回童年

我要跑到村南的老井
喝一口暖和
我要把牛棚北墙的洞填了
然后读老牛眼中的感激
我要把飘飞的旧对联按住了
按住父亲一年的希冀
我要把母亲头上的草丝拣了
然后轻轻地，捋平忧愁

我一路跑一路想
在哪一天跑回去最好
十五日吗？早了点
村东林子里的鹧鸪还在叫唤
二十五日吗？太迟了

那大饼、腊肉和小年的香味
已远远地，漫出村外……

赏析：诗人在诗中描绘了一幅乡村年关到来时的民俗风情画，这画面是动感的，飘散着香味的。而那个奔跑的人，从外乡跑回家乡、穿越回童年的一连串动作，心情是多么兴奋和急迫，“我要挣脱鞋和袜，甚至外套/跑出一片荒野来/我要跑到村南的老井/喝一口暖和/我要把牛棚北墙的洞填了/然后读老牛眼中的感激/我要把飘飞的旧对联按住了/按住父亲一年的希冀/我要把母亲头上的草丝拣了/然后轻轻地，捋平忧愁”，这些栩栩如生的动作，我又何曾没经历过，那时的年节即使再贫乏，也是有滋有味的。亲情和乡愁，令人一辈子都忘不了。（邓亚明）

暮　雪

在思绪的原野上
开着很多不知名的小花
每天，黄昏和飘雪相约而至

雪纷纷扬扬，安安静静
飘得很是恣意，很是固执
像是在执行上天的旨意

后来，雪从原野爬上四季
并在一个冬日的清晨
堵塞了梦的出口

赏析：多美的雪！“飘得很是恣意，很是固执/像是在执行上天的旨意”。如果这雪是一位女子，她一定是清高的，洁雅的，只可远观而不可戏耍的，所以，她“堵塞了我梦的出口”。当然，她依然美丽如初。(邓亚明)

阿　娟

阿娟的美不知怎么说
仿佛是狂风暴雨从异域抢掠来
放在狼藉的大街上
黑发白裙，粉红鞋跟
在贼般溜过的残风中独舞

据说阿娟有过一段爱情
据说刻骨铭心
但随着一条蓝手绢束在头上
那爱情也就束了起来

朋友说曾端详过阿娟的眼
说就像蔚蓝的大海
流连在海边的沙滩上
有拾不完的美丽贝壳

赏析：“阿娟的美不知怎么说”，这样普普通通的一句开头，一下子就抓住读者的心，给读者设置了悬念，进而吸引读者往下看，去看看“阿娟”究竟美不美？美到什么程度？很高明的写作技巧，令写了多年诗的我也不禁拍案叫绝！据说“阿娟的美不知怎么说”这个句子，已在多个诗群被诗友们传诵，成为“经典”。

这首诗就评这一句，足矣！（邓亚明）

暴　雨

当车轮还辗着岛屿最后一寸土地
暴雨就来了
也不先刮一阵子风
刚刚还望见，右车窗外
一只海鸟扬起右翅膀

慌忙拧开的车灯
被黑暗，毫不犹豫地击退
就这样，我被压在太平洋海面
一块高高的桥板上
时间是公元 2016 年 4 月 19 日
12 时 13 分 13 秒

去年在这里
我曾勇敢地，救了一位妇人
而今天，除了自己
我首先想到了，那只海鸟

赏析：这是一个惊心动魄的故事，又像是一出短诗剧：在大陆南端的海岛，狂风暴雨是家常便饭，有时来得突然，让人猝不及防。“我”从海岛返回时遇上暴雨，“慌忙拧开的车灯/被黑暗，毫不犹豫地击退”，“我”被压在海岛大桥桥板上，进退不得。但“我”并不慌张失措，而是非常镇静，面对见惯不怪的暴雨，困在车里的“我”，首先想到的是：“去年在这里/我曾勇敢地，救了一位妇人”，而今天，除了自己，“我”想到了刚才在右车窗外扬起右翅膀的一只海鸟。

诗的结尾很有特点，借一只海鸟比喻在暴风雨面前必须勇敢和坚强，从而使诗人的爱心得到升华。人生无常，但爱心永恒！（邓亚明）

这点点晶莹

也是你们的周末吧
三五相约，赶一场夏日盛宴

就为了拥抱大地，倾听流水歌吟
就为了飞得更高，感受广袤的召唤
你们挣脱了枝叶
在又一次醒来的早晨

颤抖的，这点点晶莹啊
不应是眼泪
虽然你们，就要离去

赏析：这诗里应该有一幅画，三五朵花掉落草地上，花瓣上沾着点点露珠。露珠的生命是短暂的，它来到世界上，有过欢乐，有过闪光，拥抱着大地，倾听流水的歌唱，它还想飞得更高，感受广袤的召唤。“梦想总是要有的，万一实现了呢”。梦想与生命的长短无关。（邓亚明）

木船上的小板房

偌大的海湾
竟有偌小的一个梦
小于远处大桥上的一根灯盏

是被海浪驱赶吗
躲到这里来
还是承载了太多祈盼
才显得如此斑驳

就打开那扇小窗吧
让罗曼蒂克的风
赠送你，星星一把

赏析： 此诗巧用对比，大与小，远与近，虚与实，尽显诗人对诗境意象的把握，“打开那扇小窗”后，全诗充满着“蓦然回首，那人却在灯火阑珊处”的意境，读来有味。（符骐驿）

山　野

那弯弯的小路，是我
那疏落的林子，是你
你一直跟着我，看夕阳

那青青的水草，是我
那叮咚的小溪，是你
我一路陪着你，数云影

似曾相识的风景
似曾相识的梦

赏析：此诗所写，是“触景生情”中的“景”，从林子到小溪，我像小路那样绕着你，更像水草一样缠着你，“看夕阳、数云影”，岂止是“似曾相识的梦”？这番爱恋，简直就是刻骨铭心，生死相随。(符骐驿)

树

寒冬里的树，正在战栗
午后四时，我躲到树下避雨
听到了树的哭诉

我还听到了树在炎夏的凄苦
而树在春天里的血泪
最令我措手不及

树讲到秋天时，我不由得挺直身子
把手伸进深秋
接住一块，正在掉落的夕阳

赏析：看上去，诗人在写树，其实是写诗人的内心，是写生命和人生。从“寒冬里的战栗”，到“炎夏的凄苦”“春天里的血泪”，诗人一伸手就“接住一块，正在掉落的夕阳”，短短几句，无不充满悲天悯人的情怀。(符骐驿)

放开二胎

邻家少妇的幸福上午就开始了
噼噼啪啪，嘻嘻哈哈
至深夜二时，兴许是困了
于是放出电视的声音，提神

那嘻哈声，应是从麻将台
正对电视的位置开始停下的
转了一圈后
噼啪声也跟着停下
共停了三分十八秒

赏析：此诗从一个侧面，反映“放开二胎”政策出台前妇女的生活及出台后的反应，感染力很强。未放开二胎时，“邻家少妇的幸福上午就开始了”，打麻将至深夜二时才看到新闻，于是麻将声“共停了三分十八秒”。此诗不评政策，只写现象，留下较大的想象空间。（符骐驿）

大眼镜姑娘

木块字豆芽字
一股脑儿都要闯进去
这眼镜不大怎行

与冷空气比 cool
与学校的门楼比骄横
这眼镜不大怎行

大眼镜，小姑娘
骑上冬天的脖子
青春的鼻子就翘得漂亮
爱咋整咋整

赏析：这是一幅人像素描画，语气里透着俏皮。大眼镜姑娘“骑上冬天的脖子”，萌翻了！此诗短短几句，把现代女学生追求新奇、创新，活泼可爱的形象描画得入木三分。（符骐驿）

舞蹈女孩

就好像一只蜻蜓
从青草地起飞
向着喧嚣的方向

高楼间霓虹如雨
迟疑的盘旋
演绎青春第一组造型

小辫子躲在眼光背后
跳跃了太多舞台
每一个角色，都不仅仅是想象

直到，好像有一天
累倒在七彩灯下
柔肩粗喘着，那双唇
如双翼翕动的蝴蝶

赏析：这是一首我极喜欢的小诗，不单单是因为把舞蹈女孩写得清新、灵动，更包括诗句的结构及节奏，与女孩舞蹈有一种奇妙的融洽。起飞、盘旋、跳跃、喘息，这与舞蹈的动感节奏多么合拍。而轻飞的蜻蜓与双翼翕动的蝴蝶，其准确的喻指，让人更加感受真切而深刻！虽说现代诗不主张过分用比喻，但是用得精妙，还是使诗意陡然充沛。（邓文高）

陪唱女孩

离开家乡的前夜
只完成把一本课本装入行囊的过程
使在繁星卜疲累
于是把行囊高挂弯月上
摇晃至天明

进入城市的那刻
抬起红格子土布衣袖
挡住了太多诱惑
但挡不住的一小部分
不仅亮丽了双眼
还让身材丰富起来

跳下父辈的臂弯
用了将近十年
挪进陌生男人的怀抱
只是在九十九个迷惘之后

世上有很多歌曲
包括一些革命歌曲
都是在饱浸了酒气后
在娇小的肩头唱响

曾经痛哭在深夜
哭声随着洒水车的电子音乐
在异乡的空气中飘荡

曾经开颜在早晨
在又一年春节快要到来
天越来越冷快要下雪的时候

终于在家乡闹哄哄的镇子上
换上红格子土布回家
只是那本课本
已永远遗失于城市

赏析：把一首概念化的诗写成故事，而且诗味一点不失，这是很难的事情，但这首诗做到了。我想这应归功于作者在悲悯情怀下对社会生活细微处的观察，以及得当的取舍。在这个秋日，静静看完这首诗，耳边却想起那首歌：多少人为了生活，历尽了悲欢离合，多少人为了生活，流尽血泪，心酸向谁诉，啊……有谁能够了解做舞女的悲哀，心里流着眼泪也要对人笑嘻嘻，啊……

诗歌结尾对“那本课本”的呼应，使诗的主题达致升华。（邓文高）

家

昨夜翻看旧相册
翻开了一幅岁月

母亲，六个孩子
围着一块木板
母亲挥着长勺
滋溜滋溜的声音在转圈
母亲面前的碗
照着母亲的脸庞

父亲蹲在墙角
一手顶着胃部，一手扶着水烟筒
把照相人的心
抽得咚咚乱跳

赏析：这首短诗写透了亲恩！起首的“昨夜”“旧相册”“岁月”三词引出对往昔“家”的回忆。“家”是什么？当然是父母顶着风雨对孩子的养育与抚爱！诗中画面：饥饿的孩子围着木板进食、粥碗照着母亲的脸庞，在辛酸中有一份宁静。但接下来对于父亲的描述却打破了这份宁静——蹲在墙角，手顶胃部抽廉价水烟筒，“把照相人的心，抽得咚咚乱跳“，把辛酸与亲恩强化到一个层次。我想作者写到此处，心也应该在痛泣！（邓文高）

渔　夫

一片海域熟悉静谧
一个渴望波光粼粼
一缕忧愁深蓝深蓝

手摇的橹已成过去
摇橹的手仍在摇晃
刮风的日子，心绪在浪尖上淌汗
下雨时节，伫立成孤独的岸树

偶尔的一点悠闲啊
便在国画里优雅千年
还成了文人墨客
品茗的风景

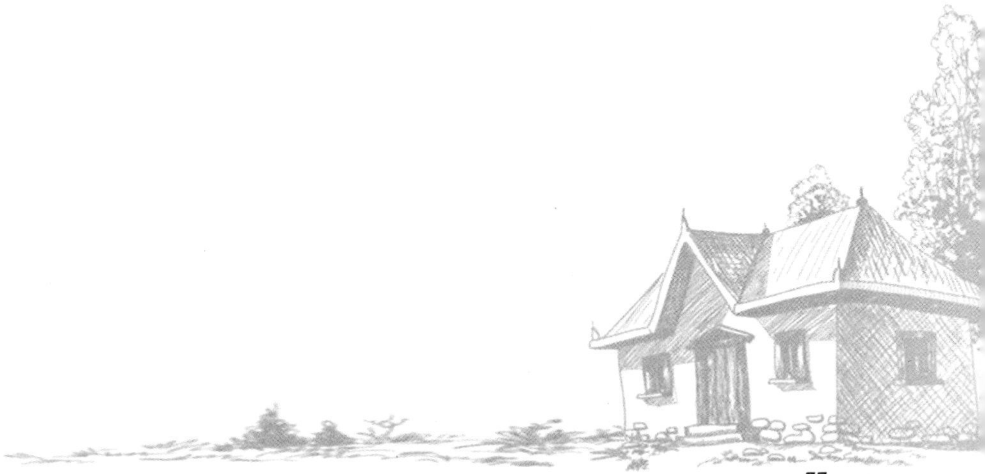

赏析：这首诗体现了诗人坚持平实、简约写作的一贯风格。首段短短三行便将渔夫身处的环境及心思交代得明明白白；第二段将渔夫的勤劳，通过橹与手，以及刮风下雨在岸边伫立的剪影，传神地描述出来，这里体现了作者的高明。尾段通过“偶尔的一点悠闲啊/便在国画里优雅千年”，让人联想起“窗里人看桥上人”的意境，但是，我却更愿意联想起那首古诗：君看一叶舟，出没风波里。（邓文高）

蟋　蟀

蟋蟀的家园
蔚蓝广袤
有露珠盈盈作伴

蟋蟀的叫声
红红甜甜
如朝阳冉冉升腾

曾有几声叮咛
细如薄雾
洒落在蟋蟀的家园

曾有一群蟋蟀
低吟浅唱
穿越了整个童年

赏析：对于一个中年诗人，将往事、将纯真童年入诗，往往成为一种不由自主的行动。此诗借低吟浅唱的蟋蟀，娓娓道来，童年的家园、青草丛里的露珠、薄雾、朝阳，无不在回忆之河里静静流淌。回忆中九分清丽，一分伤感！（邓文高）

友谊关

阳光，关影
游者目光静静
历史在关上如风流过

关内民谣香醇如酒
关外鸡鸣清亮如笛
天空不老，笑容如槟榔开花

难忘古战场的梦魇
鬼与冤魂陌路
难忘大刀长矛，包括枪炮
拼写而成的悲壮情节

友谊关
你因友谊而沉重
也因友谊而坚强

赏析：作为中越友谊的见证者，“友谊关”有两层含义：这里首先是“关”，“关者”，是指古代国家在险要地方或国界设立的守卫处所；其次是“友谊”，“历史在关上如风流过”。诗人由现实的“阳光，关影”，联想到“关内”“关外”“笑容如槟榔开花”。联想到中越两国友谊来之不易。它有过“悲壮”的情节，俗话说，不打不相识。诗人由此感叹：“友谊关/你因友谊而沉重/也因友谊而坚强。”诗歌之即景生情，此为一典型也。(邓存波)

做大饼

炊烟越来越浓的时候
北风掠过那片海、那片田
就只在打谷场盘旋
不再闯进村子里去

炊烟越来越甜的时候
年就过了圩头
沿着牛车路
去到了村口的牌楼下

牛离开夕阳入棚
狗不再烦躁地叫
劈柴，挑水，舂红糖，揉米粉
家家户户燃起的大灶
撑起了渔村的夜

一缕火苗蹿出童年
一笼饼香走遍半岛
岁末又至，昨夜我在异乡
拣一根奶奶的白发
绑上炊烟，绑上母亲的皱纹

赏析：“炊烟”无论是浓是淡，是香是甜，都与故乡和亲情有着密切的关系。一缕缕青烟，袅袅于记忆里，尤其在艰苦岁月，或“岁末又至”之时。母亲在腊月“劈柴，挑水，舂红糖，揉米粉”，“昨夜我在异乡”，想象中的炊烟，想象中的饼香，想象中的年味，想象中的母爱……情至深处，只能“拣一根奶奶的白发/绑上炊烟，绑上母亲的皱纹”。这里用了两个“绑上”，不仅绑上了思念，绑上了乡愁，还把读者的心也绑上了。（邓存波）

在初春的早晨推开窗

你以振翅欲飞的姿势
诠释无奈的远行
飞前垂一滴泪
托付风
传遍小城

我在初春的早晨推开窗
让迎面的一朵水花儿
沾湿了眼角

赏析：理想与现实永远不会同步。春天本是放飞梦想的季节，“你”要“振翅欲飞”，远行的路上，想象比脚步快。“飞前垂一滴泪/托付风”，“你”的离开，是多么的无奈！

“我”于现实中，把“心窗”敞开，接纳早春的信息，在盼望中等来如泪的“一朵水花儿”，这就是“我”所获取的、“你”远行的信息。在诗中，诗人用了两个动作，一“振翅”，一“推开”，在特定的环境中，把一对矛盾的心境，抒写得含蓄而丰满。（邓存波）

清　明

天空。人影
苍老的古诗
或是醉了
醉倒于杏花
忘却了要赶的路

小雨匆忙如故
把每一颗心淋透
炮仗静静
黄土默默
清明的原来是过往
与那永远的音容

赏析：“清明”是农历二十四节气之一。诗人借杜牧《清明》入诗，赋予自己的理解。“天空、人影、古诗”，醉人；“小雨、炮仗、黄土”，怀人，皆为眼前寄情之景。“静静”“默默”的伤怀之中，诗人感慨：“清明的原来是过往/与那永远的音容”。古诗新用，新颖。（邓存波）

父亲的坟前

站在父亲的坟前
我看见，第一株小草
从野鸟和秋蝉的对话中长出

我已饱读神话，这个季节
已为几十年的音容与艰辛
都装上了翅膀

父亲，如果您正在天上眺望
那我，和您的坟墓
该是多么渺小

站在父亲的坟前
我抬头望见
不远处爷爷奶奶坟头的枯草
正刮起一阵，温暖的风

赏析：“站在父亲的坟前”，这是一个沉重的句子！诗人通过“看见、饱读、眺望、望见”等一连串行动，对父亲进行追忆。怀念，就是最好的纪念。从现实的“第一株草”开始，回忆与父亲有关的过去，甚至父亲的在天之灵，诗人把沉重化为一种神话，一种天地人互通的安慰。“不远处爷爷奶奶坟头的枯草/正刮起一阵，温暖的风”。对逝去的亲人，这是最“温暖”的信息，也是最无奈的“解脱”。(邓存波)

他敲了历史的门

历史正走到一个山谷
两边山坡上埋伏着野心与仇恨
这时有人敲门
声音脆如早春的布谷

这敲门的人来自鲁国
此前他已一路跪，一路拜
额与膝头的尘土，带血
如玉的心，带露

历史没有开门
选择在箭镞的呼啸声中
在勇气与恐惧的呐喊声中
继续前行。彷徨洒一路

他曾经噙着眼泪
挥起了刀枪
后来驮着”礼”与“仁”
举起了教尺

赏析：这首诗特别出彩，“敲门人”这一寓意深刻，从两千多年走出来的敲门人来自鲁国，敲门声脆如早春的布谷，“此前他已一路跪，一路拜/额与膝头的尘土，带血/如玉的心，带露”，然而历史没有因为他的诚恳而开门，在渐行渐远在呼啸声中，在勇气与恐惧的呐喊声中，他选择周游列国讲学，一路前行，以其大儒的思想影响更多的人，虽眼里有泪，却无畏艰难，而“举起教尺”正是孔子作为万世师表的形象写照！（栀子）

冷空气

去年这个时候
院里的杜鹃花拼命地开
就像父亲的咳嗽

今年这个时候
瑟瑟掉落的花朵儿
就像一个个日与夜

明日，寒流会推着我
捎一瓣花，去岭上
倾听父亲的咳嗽

赏析：一首看似简单的小诗，却意味深长。杜鹃滴血，像父亲的咳嗽。去年此时，父亲还在，如今物是人非，“瑟瑟掉落的花朵儿/就像一个个日与夜”。而明天呢？悲伤会推着“我”，携一瓣花，去岭上倾听父亲的咳嗽。诗人的感情由此得到升华。此诗的表达婉转流畅，读来不禁悲从中来！（栀子）

玛珥湖

曾经放飞的一个梦想
刚刚掠过水面，朝着林子驰去

曾经掷下的一袭倒影
被夕阳涂改，随着秋叶远去

曾经发过的一串誓言
正从岸树上，簌簌往下掉

一个人的湖，一个人的路
晚钟从岁月里渗出
又钻进粼粼的水里去

赏析：这是一首令人遐想的意象诗，“湖”之于诗人是一面镜子，从这面镜子里映照出来的不仅仅是逝去的梦想、誓言以及走过的路，更是一个人的生活，是从岁月里渗出的，又钻进粼粼水里去的一切！（栀子）

长沙醉了

昨夜我爬上月亮往下望
长沙醉了，他红着脸，说着傻话
累了就捧起岳麓山下的湘江水
痛快地洗着脸

跟在他身后的是一位姑娘
我注意了她漂亮的小虎牙
她手拿小鞭子
在守护，在调教醉汉长沙

姑娘偶尔抬头望月亮
不时倚江逗倩影
醉汉渐渐安静了
江潮般的鼾声，渐起

赏析：此诗有很奇特的想象。长沙醉了，其实应是诗人醉了。“昨夜我爬上月亮往下望/长沙醉了，他红着脸，说着傻话/累了就捧起岳麓山下的湘江水/痛快地洗着脸”，而在此时，他身后的一位姑娘，手拿小鞭子，在守护，在调教着醉汉长沙。“长沙”在此有了更深的意味，而姑娘偶尔抬头望月亮，醉汉也渐渐安静了，有江潮般的鼾声渐起。多么安定的幸福感啊！而这份幸福，从来都是来自身边的人！（栀子）

诗　人

细算着稿酬
还差一行
才能买回明天的面包

饿死！或继续活着
就差一行

窗外，像是洒了一阵雨
邻居妇人与宠物狗
正在门槛处对话，湿湿的

赏析：当今社会，能够在喧嚣中静心写作的人已是难能可贵，“诗人”作为其中的小众，拿着寒碜的回报，坚守着心中神圣的高地，“细算着稿酬/还差一行/才能买回明天的面包”“饿死！或继续活着/就差一行”，这与窗外邻居妇人与宠物狗的对话形成了强烈的对比！读来令人感叹，心中如同洒下了一阵雨。(栀子)

新年，在台风重创的城市

公元2016年的钟声就要敲响
这里多处新愈合的伤口
都会升起五彩烟花
缤纷会映着你熟睡的脸
新年的祝福在梦里
像一艘远航的船

两个多月了，你不哭
还要送狠毒的“彩虹”礼物
你把宝钢高炉点火的彩纸送出
把最后的茅草房送出
你还撕下那张日历
抛向翻滚着黑浪的天际

你本来就很坚强
地图上亮着你的倔强
你是一个楔子，楔入海洋
你是一个支点，支起整个神州

你的早晨长出了点点新芽
那是你新的气质
你的晨风里汪着愉快歌声
那是你新的心情

你的阳光像花儿一样开放
那是你新年里，新的模样

注：彩虹，指2015年第22号超强台风。

赏析：所有经历了这场台风的人，都会心有余悸。面对被蹂躏的城市，没有谁不心痛。正是有了这种心理铺垫，这城市重拾雄风的决心与勇气，才更动人心魄。作者抓住重建家园时人们的心理环境，通过对一棵树、一片绿叶重生的欢呼，为伤痛之后重振雄风的城市和人民喝彩。(周虹)

一颗水

只要清纯
就不会孤单
美景映照，霓虹归心

只要真诚
就不会干枯
用爱滋养，用情温润

昨夜你一身晶莹
从天际，滑入我的梦

赏析：世界至大，人世间，真假、冷暖、清浊必然存在。诗人以一颗水为镜，折射出人性里珍贵的一面。在诗人的笔端，有一种美好的意象，温润地传递着。（周虹）

下岗者

曾经穿梭于岁月
曾经诠释过生活与贡献
一双双手
戛然停顿在
共和国隐隐作痛的骨肋

一个个缓缓移动的失落
在霓虹灯闹哄哄的城市，不期而遇
一声声白花花的国骂
掷落堆满梦魇的工厂
昨夜的一阵雨点
其实是神州阵痛的汗迹

走在人生的池塘边
透过随风飘摇的柳絮
品味黄昏
细寻夕阳中
一种比晨曦还要鲜艳的色彩

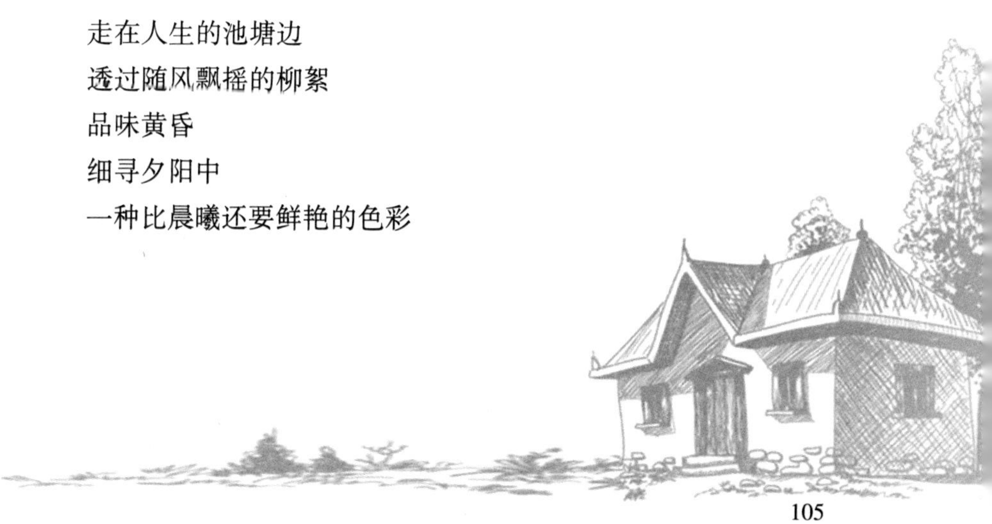

赏析： 此诗较为理性，能引起共鸣的，相信不仅仅是“下岗者”，诗中关于那段历史的画面感很强。曾经以为一辈子能稳端铁饭碗的人们，一夜之间与“国营”二字擦肩而过，内心不免彷徨、失落。然而几声国骂，一阵痛楚之后，又在柳暗之间寻见了花明。（周虹）

印象·南宁

漓江上刘三姐的歌声
时常飘到邕江上来
像水汽一般迷茫

走上青秀山
一段蜿蜒的感觉
有如飘飞的长发，拂面而来

还有一股壮族风
从乡里来，从远远近近的山里来
眯着眼，都能看得真切

赏析：青秀山是南宁的象征。走进青秀山，“一种蜿蜒的感觉/有如飘飞的长发，拂面而来”。行走在青秀山，一路的蜿蜒里，能真切地聆听漓江刘三姐甜美的歌声，也能真切地感受邕江的山水与风情。(周虹)

娇　姐

在端午的早上醒来
我决定把所有的情节
都沉回梦里去

在梦的最后一刻，娇姐
塞给我一个书包
嘱咐我，放好那半截红薯
上学的小路
摇曳着各式小花

娇姐是邻居女孩
逝去，已很多年了

赏析：一个久远的场景，一个也许一辈子也忘却不了的场景，突然出现在梦里。女主角娇姐烙印一样刻在“我”的记忆里。诗里有深深的感恩与怀念。诗人用极少的笔墨，贴切而巧妙地处理了细节。(周虹)

婚礼现场

想必我的母亲
也曾像这新娘一般，娇艳欲滴

昨夜我载她去医院
她缩在座椅里
干巴巴的脸庞
干巴巴的手脚
干巴巴的，声声呻吟

我看见，流动的婚礼进行曲上
一扇岁月的门

赏析：此诗的表现手法独特、新颖！诗人去参加婚礼，却在现场想起自己的母亲。丰富的情感有赖于深刻的生活体验。一个婚礼现场上娇艳欲滴的女子，走进岁月这扇门后，最后走出一个去医院路上呻吟不断的孱弱老妇，岁月这个魔术师真厉害！（邓文清）

母亲的信仰

父亲去世那段
母亲没有哭
小妹说，妈暗地里也没哭过

母亲只是唠叨
你爸人好，定会上天堂的
会过得好的

忽然觉得
从没上过学堂的母亲
比我有文化

赏析：这是一位质朴的母亲，有着最朴实的信念。她坚守善良，认为好人终有好报，寿终正寝，落叶归根，重回大地的怀抱，乃不失为一种福分。所以在父亲去世的时候，母亲认为好人父亲会上天堂，会过得好。诗中运用了对比修辞手法，通过明线写母亲的“不哭”，暗线写自己和妹妹的“哭”，来进行对比，从而突出了在家庭重大变故关头母亲信仰的力量；诗中同时设置了悬念，这个悬念就是：母亲真的自始至终没有哭吗？（邓文清）

今天暖和了

爸——
今天暖和了
您的咳嗽不用怕了

爸——
昨夜岭上黄土太冻
儿我，好像是
忘了给您拿被子了

赏析：此诗用一个温暖的题目，写内心深处无限的痛楚，令人唏嘘。我不禁想起两句诗："醉卧沙场君莫笑，古来征战几人回。"两诗有异曲同工之妙。诗中两声"爸"，一下子喊出了诗人内心对父亲的眷恋。暖和的天气对父亲来说太重要了，今天天气宜人，而父亲却已故去，睡在冰冻的黄土之下。在表达形式上，此诗所写，是"我"在极度悲痛中（甚至已产生幻觉）的自言自语，短短两段，感人肺腑。（邓文清）

镜　子

夜半，冷空气入梦
化作童年时
一块缺了角的四方镜子

一把旧木梳子，缓缓上下
梳着夕阳，梳着忧愁
一张稚嫩的脸，绕前绕后
绕着新奇，绕着母爱

妈妈的落发攒下了
塞进墙缝里，可换小糖
母亲的皱纹攒下了
藏进日记里，可换乡愁

赏析：镜看人生，从这面缺角的镜子里，“我”看到了年轻时的母亲，生活的艰辛带给她忧愁，孩子的依赖带给她坚强；“我”还看到了年老的母亲，皱纹已长的母亲。岁月悠悠，母爱情长。母爱是一曲长唱不衰的歌曲，时常回响在“我”的耳旁。(邓文清)

初　春

因为有了后面
你的位置才成了前面

这初春的阳光可笑啊
它正在拼命地装饰
你们的微笑

因为有了后面
你的位置才成了前面

注：此诗有感于一张全家福：妻子是血癌患者，夫、妻和儿子前、中、后紧紧相依。

赏析：此诗从逻辑学的角度，活用“前面”“后面”，展现一幅温馨的画面：应是一家三口吧，在初春阳光的照射下，前、中、后排列，笑脸盈盈，紧紧相偎。任凭前路艰难险阻，一起昂首面对；如若雨后迎来彩虹，一起欣喜相迎。（邓文清）

致一位文学女青年

窗外一片绿叶告诉我
离大海不远的这里，仍是夏天
你让夏风送来绿油油的信笺
约我去看你的家乡

而我想等树叶变黄
一片片像诗一般飘落
想等浪花泛着金光的时候
再背上行囊

到那时，你就在红树林边上等我吧！
穿上那栀子花长裙
手卷一本诗集
在海鸟的叫声里，斜着心绪等我

赏析：惺惺相惜之情，萦绕行笔之间。全诗以朋友的口吻，娓娓道来，像是在引导，又像是在抒发。但字面上的平淡，遮不住浓烈的感情色彩。在这平实、自然的文字里，一位身穿长裙、手捧诗集、淡然如水的文学女青年跃然纸上。(邓文清)

渡口姑娘

前面是路，后面是海
那一扇小窗
为海鸟的叫声开着

人潮匆匆
分不清远行或归来
闪闪明眸，随波逐流

就割一幅蔚蓝吧
再贴一串笑靥
遥寄远方

赏析：读此诗，读出了一丝惆怅。渡口上行色匆匆的人潮日复一日，渡口姑娘的生活周而复始，对此，她有何憧憬？“一幅蔚蓝”，“一串笑靥”，“遥寄远方”，留下无限幻想。(邓文清)

家乡的公路

儿时，奶奶总是念叨
村口要是有条大路
就好了

三月的牧歌在回响
奶奶的话飘在天空上
一朵朵，像牛奶一般

奶奶啊！
我原想穿过那片林子
再绕几条小路
到达你的坟墓

不曾想
你已颠着那双小脚
跑到这大路边上来
等我

赏析：纵观整首诗，紧紧围绕“家乡的公路”这一主题进行创作。开头以奶奶的念叨引出修路，中间写路修好而奶奶已故去，结尾展开联想，想象奶奶已亲自走上这修好的大路。结尾的想象，既写出对村口通路奶奶这一梦圆的喜悦之情，也表达了对奶奶没能亲眼看到通路的惋惜之情。（邓文清）

山间小屋

山风梳理着晨光
白云抚摸着安详
也许只有躲到这里来
你的心境
才会如此金黄

敢问银杏树
在这弯弯的小路上
可曾留下过
高跟鞋的印记

赏析：诗歌开篇采用拟人的手法，描绘出微风轻抚、白云飘飘的山间清晨美景，渲染一种清净安谧的氛围。结尾出人意料地采用反问，以及“高跟鞋”意象的出现，不禁令人遐思。（邓文清）

异国他乡

这铁路线，没有连着家乡
让大海给隔断了

那山峦上，没有红墙绿瓦
五千年的厚重，梦载不动

这里的雨，应该欺生吧
就连地上那行囊，也冻得发抖

最后，我用了所有的神经
去关注了，你的双脚

赏析：诗人笔墨所至的，应是一幅画。身在异国他乡，最是梦回故乡。此诗一至三节写出了“画中人”的彷徨与无助；第四节，“你的双脚”埋下悬念，提升了整首诗的意境。路在脚下，何去何从，全靠双脚体现。迈步，即是家乡；不前，仍在异乡。（邓文清）

此　时

在我的心里，有一艘船
在你的心里，有一条河

刚刚我听到了
稻花盛开的声音
船桨出水，涟漪
一路荡漾，一路同行

那一步步走近的月光
就会照着，你我的心跳

赏析：这是一首难得的情诗。诗短情深，字字珠玑。“船”与“河”的关系，就是“鱼”与“水”的亲密。相爱相伴的人儿，听到所有的声音都似花开，闻到所有的味儿都似花香。一步一曲，君兮我兮，缠绵悱恻。“月光”是最解风情的，夜夜来相照，见证一对恋人幸福的心跳。（苏展）

爱的祝福

一句祝福，蘸点香槟
挂上你格子窗棂

一个梦境，点上红烛
铺在你视线方向

一段音乐，割自天籁
释放点点晶莹

也来一束鲜花吧，采自心田
绽放爱的芬芳

赏析： 短诗是最难写的，诗人巧妙地运用四个“一”，以超人的胆识巧妙布阵，借“梦境”“音乐”来产生氤氲的气象，读来意蕴无穷。“蘸点香槟”，“挂上格子窗棂”，这样的爱有多浪漫！这样的祝福时刻摇曳在最接近心灵的位置，多么真诚！（苏展）

那颗孤独的痣

冬日严寒
世界万物都在颤抖
你在那雪白的脸上
孤独地冷

那彤红彤红的嘴唇
不会温暖到你
那火热火热的眼眸
不会投射向你
那娇小玲珑的耳屏啊
更不能为你，阻挡风寒

我站在这冬日的边缘
万分地把你爱怜
我多想，多想伸出双手
把你抚向温暖的春天

赏析：从这颗“孤独的痣”里，我读到了曲高和寡的清冷，读到了“高处不胜寒”的寂寞。这首诗让我想起了李清照的“已是黄昏独自愁，更着风和雨”，想起了柳宗元的“孤舟蓑笠翁，独钓寒江雪”。诗人有一颗爱怜的心，由痣及人吗？这也许正是本诗的高明之处。（苏展）

贝　壳

留给海浪，留给沙滩
是我，无奈的选择
而最终留给她
却是我意料之外的事情

我曾经无数次爬近海滩
看她拖着裙裾、光着双脚走过

现在的我啊，正在天上
望着她，把我残留的眷恋
一点点，一点点，刷洗干净

赏析：此诗有精巧的构思，通过美女在沙滩上捡贝壳这一场景，赋贝壳以人的灵魂，以爱的情思。看得出，这个贝壳后面有实在的故事。但究竟是什么故事，一千个读者，一千个“哈姆雷特”。从“贝壳”身上，你可以读出生活的无奈，也可以读出一段凄美的爱情，见仁见智。大约这就是诗歌的魅力吧！（苏展）

夜半小站

一声呜咽，把夜幕撕裂
四周闪着异域的光

世界重归死寂
孤灯的愁绪，把那身影凝成血块

那飘忽了一夜的视线
零落大地，成了一年沥沥的雨

赏析：诗人下笔就不同凡响。第一句很有现场感。“呜咽”一词，形象地写出了火车行进的声音，同时又奠定了全诗的感情基调。“异域的光”，“凝固的血块”，“沥沥的雨”，这些意象，无不渲染一种孤苦的气氛，抒发离人的孤旅愁绪。（苏展）

赤壁之战

我是千百年前一牧童
我从牛背挥向长江的绿枝
压不下人性的汹涌

都败了，不仅曹操，还有孙权、刘备
一把通天大火，已把英雄
烧成历史的小丑

胜的是长江边上那赤壁
由于鲜血的浇灌
从此扬名

千百年间，大血向东流
高墙上冤魂拥挤
对夕阳遥寄

昨夜我梦回三国
见茅棚，孤灯一盏
在苦盼中熄灭

赏析：赤壁之战，最后孰胜孰败？看千百年间，大血东流，不管是英雄，还是普通的将士及其家人，都成了赤壁前拥挤的魂，而赤壁仍旧屹立。它始于人性的汹涌，终于苦盼中熄灭的孤灯。若梦回三国，你看到的可会有别？（笑笑）

桃 红

春寒料峭
你混杂于年红之丛
踮脚向天
不住地颤抖

春意朦胧
你点缀着匆匆人潮
红装飘逸
目光里花香绽放

年复一年地
敬一束希冀入梦
你走过春天

赏析：卞之琳的《断章》有一句："你站在桥上看风景，看风景的人在楼上看你。"年红之丛的桃红与红装飘逸的"你"，落入诗人的眼里，是敬一束希冀入梦、走过春天的年复一年。你眼中可有这样的桃红，这样的风景？（笑笑）

一轮红月

小时候，乡村的年非常瘦小
元宵节，更像个淡淡的象声词
父亲手里的汤圆，摇摇晃晃
晃着门上那红对联
晃着大海的回忆

每逢元宵节，父亲对我说
他的叔叔，四九年去了台湾
一直没有回来
每逢元宵节，我对儿女说
我们的家，曾有一棵树飘出大海
不知道开了多少花，结了多少果

东风夜放花千树，更吹落，星如雨
昨夜，我梦见那一方海峡
让一轮红月，充盈着

赏析：在元宵，想念非常瘦小的年代，“我们的家，曾有一棵树飘出大海/不知道开了多少花，结了多少果”，从“父亲对我说”到“我对儿女说”，这么多年过去，“昨夜，我梦见那一方海峡/让一轮红月，充盈着”。你说，这梦是否该圆了？

喜欢梁云山的诗，他的诗里，看似平凡的小人物、简单的小动作、寻常的小事件，无一不烙上时代、群体的特征；看似质朴的文字，无一不流淌着真情实感；看似非常技巧的处理，无一不显现出诗人的丰富阅历，对生活、人性等的敏锐观察，对文学、历史、哲学等的独到见解。（笑笑）

离　情

你是一家亮在夜路的客栈
接纳了秋暮投宿的我
你用微笑和油灯
温慰了我心灵的苍白

我做了一夜没有风沙的梦
但天未亮就要继续赶路
我已决意顶着稀星离去
轻轻作别，门前的杨柳

就让那灯影，慢慢变小
任凭那夜风，低语徘徊

你一定会收到我的礼物
一包漂亮的贝壳
一幅斑斓的念想

赏析：亮在夜里的客栈，以微笑和油灯接纳、温慰无数萍水相逢的旅人，又送他们继续赶路。有一位“天未亮”“决意”赶路的人，以有关“贝壳和斑斓的念想”的承诺为诗，感叹这段偶遇。很想知道：芸芸众生，多少赶路人同此际遇和感怀？（笑笑）

钓鱼岛新闻

等哪天真正平静了
这钓鱼岛
一定会有很多人去的
只是岛上没有茂密的林子
和木屋

或许，在很久很久以前
美丽的南小岛上
便已有一雄一雌两只猴子
在采果，扑蝶
自由嬉戏

赏析：现实世界真正平静时，这个岛，虽然没有茂密的林子和木屋，但还是会有很多人去的；或许曾经，它没有俗世烦扰，只属于雌雄两只灵魂相吸，喜欢一起采果、扑蝶、嬉戏的猴子。这钓鱼岛新闻，让太多的心无法平静。诗人看到的，不仅仅是国家大事。（笑笑）

回　家

前一个月回家
母亲说，钱用完了
父亲说，还有呢

后一个月回家
父亲说，你妈胃又疼了
母亲说，好着呢

每次，我都要问问
趴在牛车旁的老黄狗

赏析：这首诗道尽了天下父母心！具有相当的普遍适应性，是对传统中国家庭美德的一幅速写、记录。“砸锅卖铁”，在千万个家庭中存在着；“报喜不报忧”，在千万个家庭中存在着；而如今，能够问问“老黄狗”的人，似乎越来越少了。诗的亮点在于后两句，这一“问”，并不是谁都能做到，并不是谁都能深切体会到父母爱子女的心，并不是谁都能感恩最该“感”的“恩”。你，每次回家都“问”了吗？（周立喜）

那一个黄昏

老榕树，老黄牛
村口的小路连着西天
两轮夕阳如那老眼
漏下最后一滴泪光

蹒跚在没有风的天穹下
摔倒于童年的小河
孤雁般的心绪，把季节的脸涂鸦

黄昏过后是黑夜，是梦
梦里奶奶蹚水回来，颤巍巍地
那湿漉漉的裤管，我分明看得真切

赏析：本人没机会见到自己的奶奶和外婆，这一份感情生来缺失，每次见别人提及，心里便羡慕加嫉妒。还好有点想象力，从此诗中读出一些况味，榕树、黄牛、村路、河流——连接祖孙两代的物事和场景，暖暖的，都无须再去过多着墨描述；“两轮夕阳”从何而来，谁“摔倒于童年的小河”，为什么“天穹下”没有风，在清晰与模糊之间，时近时远，记忆的真实似乎都如远去的孤雁。而爱与眷恋，通过梦的管道，如此真切。(周立喜)

这三年

今年四十三岁的我
有父亲四十年
没父亲，三年

这三年，我是拉车的牛
车上满载的
是那四十年

牛眨巴着眼睛
踢着石头了，冒起冷汗
爬坡了，就弓了腰

终于靠近坡顶
车却往后退
这时有鸟飞来，栖在牛角上

赏析：这诗很有男人的含蓄，但把对父亲的爱与怀念都表达出来了，“牛”“车”“鸟”三个意象的使用很精准。透过《这三年》的纸背，我只读懂了一句俗话，什么叫做“男儿有泪不轻弹”，当生活和家庭真正需要你去顶天立地之时，当你累了痛了环顾四周而无所依靠之时，当你必须完全承接起父亲这个角色之时。然而，父亲是生命和力量的根源。人到中年，最痛莫过于失亲，父母之爱有多少——大约四十年！这也是我每次一试想、一细想，就会控制不住眼泪的事情，且行且珍惜。(周立喜)

酒　吧

把人生浓缩成一夜
你就是一滴泪
在光怪陆离的路边滴落
离地三米三
我看见泪的中心
激烈正把宣泄与放纵追逐

把一夜铺泻至宇宙
你就是一驿站
在绿野与荒漠的临界开放
有人提着行囊进驻
有人背着无奈离去
疲累与苍白擦肩而过

此时此刻
你却是面目狰狞的暴徒
震耳欲聋地呵斥
要我把每分每秒，通通喝干

赏析：诗中有酒意，酒中有泪滴。诗分三段，大开大合，像是舞台中央的王者，诗人借着酒势将天人合一、幻化伸缩，“把人生浓缩成一夜”“把一夜铺泻至宇宙”，将思想触角抵尽现实生活的每个角落，借机为心灵的洪水泻闸。然而，一切又如此虚幻，要把自己的“每分每秒通通喝干”，实非易事，个中滋味，只有“有故事”的人才了解。(周立喜)

河　流

一伙来自天上，风里飘摇
忍受万丈跌落之裂痛
命运多舛
一股来自高山，虫弹鸟唱
群峦环抱之汩汩清泉
出生富贵

而生活，毕竟需要奔流
于奔流中相遇，或并肩而行
或你追我赶，或拼搏厮杀
为只为，大海的广阔与蔚蓝

赏析： 所有的河流，不论出身，最终都是殊途同归；所有的人，不论贵贱，生命的结局都是过眼云烟。所以佛曰虚无，道讲无为。可生命如花儿开放，如此灿烂，与生俱来的本能就是与天地日月争时光，才不枉此生。生命为水，以河流喻人、喻生命、喻有情物，虽不算高明，但确是贴切，虽分三六九等，“我”自有积极向上、不甘人后的精神。此诗颇为励志。（周立喜）

夜过你的城市

往事匆匆忙忙赶来
纷纷扬扬地
洒向长街

在城市的梦境中前行
那隐约的玉兰香
可是你的呓语

心如一只疲倦的黑鸟
在稀星般的光亮间来回
直至掉落于某一窗前

就暂且在出城之前
抖落眼中
酿了几季的念想吧
曾经爱哭的你
成了旅途的一阵小雨

赏析：以魔幻化的语言，展示诗歌的朦胧美。各种修辞手法叠加，蒙太奇手法的转换，展现了丰富而深沉的具体和抽象的全过程。妙语层出不穷，令人回味，特别是最后两句，拥有冷兵器般的杀伤力，轻易就刺入读者的内心。（蔡景湛）

通往北京的铁路

在我家的不远处
有一条铁路
通往北京

我常让脚步
敲醒沉睡的晨露
还任由夕阳
把目光拉长

那纱窗内的喧嚣
始终听不见
那一厢厢的日子
被恣意拖走

又是南方的一个雨季
铁路边疯长的草尖
刺伤了记忆

赏析：我们的生命，总是在不经意间被时间的列车拖走，那些悲伤，那些欢喜，都会渐行渐远，风轻云淡。这首诗贵在结尾，“铁路边疯长的草尖／刺伤了记忆”，读者如果能读懂这两句诗眼，投入到文字中，就能触摸到诗歌的特质，抵达诗歌的内核，走进诗人的内心深处，感受到涤荡灵魂的洗礼。（蔡景湛）

华北大雪

你冒失地闯入了
我已感冒多日的华北视野

正赶往他乡吗
或是匆匆还家
你所演绎的寒冷造型
已传遍大江南北

我在华南的一扇窗内
正数着点点冬雨
入眠

赏析：这是一个浮躁的时代，于是我们总在一片狼藉的心灵废墟里，极力勾画梦幻中的乌托邦，正如一个南方的人，在睡前思念一场北方的雪。醒着去做的梦，睡着后，还会继续做下去吗？也许，当你找到答案，便能洞彻这首诗的真谛，感悟其中的内涵，让心灵得以恬静和安宁。（蔡景湛）

海渡冬恋

是谁，在忧郁的天幕
再撒下一场冬雨
是谁，把孤寂的轮渡
驶过海湾的午后

不见鸟的海面
鸟声伴着涛声回响
你，是在岁月晕眩，及
颤抖了一阵之后
突然出现在甲板上

就好像有人，在斑驳之上
翻开了一本童话
迷惘的我，分明看见了
你萝莉的长裙
粉红的脚跟
和朦胧、飘逸的长发

赏析：郁郁的诗歌，是诗人内心世界的一场告白，包含在某一阶段的心路历程的记录，甚至还有个人经历所造成的，埋藏在文字里的那种爱或痛。诗里几个普通的意象，却在诗人的笔下赋予了丰富的内涵，使人感受到一种缱绻的柔情，在字里行间，诉说着相遇、别离和期许……（蔡景湛）

偶　遇

虽然我已没有心跳
但是我听到了，你的心跳

冬日清晨的街道
时而有车，出现

赏析：在一个冬日的清晨，来一场惊艳的偶遇，诗人的浪漫，已经超出文字之外。在这首诗歌里，你必须对意象进行一番整体而深刻的理解，才会有一种豁然开朗的感觉，去领会诗歌中的审美旨趣。(蔡景湛)

同事小燕的爱情故事

在操场上，晨光接上我的指尖
让我够得上你的臂膀
你的影子覆着我的脸庞
是那么温暖

在站台上，我用长焦抓拍你
你总是蹙着浓浓的眉
人一会儿变大，像后羿
一会儿变小，像小羊

为了躲进你的眼眸
我在母前跪了一夜
在父前求了一年
在佛前，颤抖了半辈子

而今，你要开启新的航程
去寻找新的港湾
就请你捎上我吧
我愿意，做你云帆上的一只小环

赏析：我们的这一生，都是在不断地坚守。“坚守”不仅诠释了内心自我的那种纯粹，对接了生命个体独立在世间的那份拥有自我的权利，更是诗人的一种传承与开创的责任。诗中的“你”或许是“同事小燕”的“他”，或许就是“一首诗歌”，这些都不重要，重要的是对“珍惜”有了新的认知，有了一种在心里要紧攥的感觉。（蔡景湛）

带着菠萝香的短裙子

天渐渐冷了
风也越来越怪，常常
就选一两棵小树猛烈地吹
偶尔，就在公交站台和十字路口
扬起三五层，薄薄的雾

天渐渐冷了
梦也越来越怪，常常
就把那面容和背影弄模糊了
偶尔，只在城里那片海和那片湖
撑起三五盏，昏暗的灯

周日的阳光黄黄的，但也耀眼
那怪怪的风，正追着怪怪的梦
满大街地跑
直至那梦的挎包，掉落在
带着淡淡菠萝香的，短裙子旁边

那短裙子，那朦胧的面容和背影
是从白银般的夏日走来
从南海之滨，一片广袤的
菠萝的海

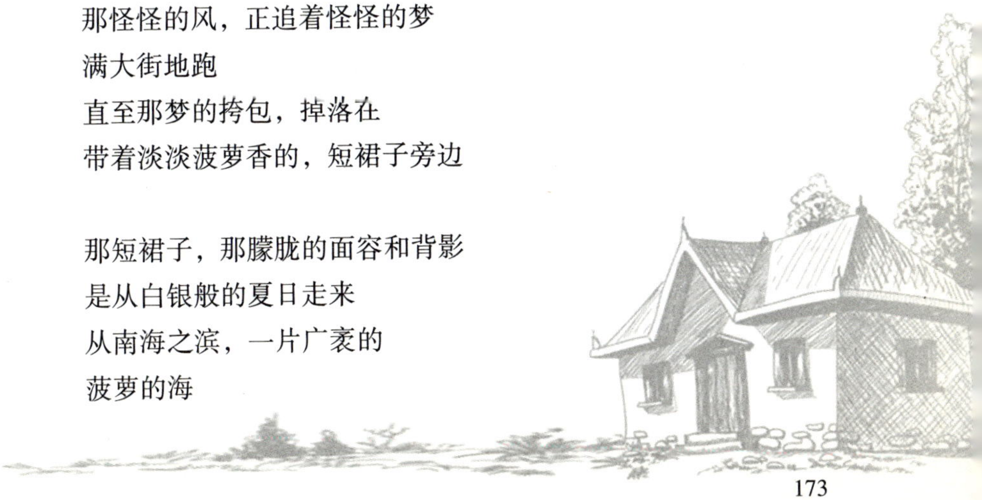

赏析：多样化的意象，被诗人连缀在一起，便有了强烈的画面感。很多片段像电影镜头一样精致而清晰，但总体上却有一种非现实化的虚幻感。具体的意象虚中带实，实中有虚，在给人一种可望而不可即的缥缈感的同时，也让人回味无穷。感觉诗中传达的，是一种时而淡、时而浓的思念。（蔡景湛）

父　亲

北部湾北部
海岸线上渔村连绵
那个年代，很深的冬夜
有一盏油灯、一双眼睛
在天穹下亮着

颤抖的手有血渍在凝结
口已舔干
一本《岳飞全传》
正翻至第八十四回

风波亭

赏析：这首诗，品读一遍，即被感动。父亲是平常人，读书是平常事，但是父亲与这本《岳飞全传》却是最容易被人忽视的一种情怀。诗中隐含了父亲在那个年代的遭遇。“风波亭”单独作为一行，可见诗人匠心独运——在段与段的空行白纸上，依然能让人听见时间呼啸的声音。诗人的人格和精神已从这首诗的基调中透现出来，正因为这样，才能轻易打动人心。（蔡景湛）

屈　原

童年时，在一片河海交汇处
邻村父子们敲锣打鼓撒铁粒
一年年，保护你的魂魄

那一年，没有夕阳
他们没有摇旗，没有嗨嗨
我攥着半截粽子走在堤坝上
仿佛走进了，两千年风雨

后来，我知道中国比你的楚国大
再后来，我发现你的楚国
不比中国小

赏析：看过很多同题材的诗歌，但很少能做到像此诗一样别具一格。我们之所以怀念屈原，是因为他身上的爱国精神值得世代传承。在这首诗歌里，诗人感悟到“中国比楚国大”，大的是版图，而“楚国不比中国小”，是因为在爱国者的心里，自己的祖国永远是最大的。这无疑是一种崭新的感悟，让人在品读诗歌时，获得独特的情、景、意的内心体验。（蔡景湛）

孙中山

原本鼓捣药材的手
撩拨起国家的神经来
还挑了，历史的筋骨

个子不高，外号孙大炮
喜欢放炮
在腐朽的梦魇里到处点炮

千年老妖惊醒了
当然是嗷嗷直叫
赶紧跑吧，踩着浪花飞奔

换一身行头，也许行
包括蓄一排胡子
藏上经略与主义
拄上拐杖
杖里照例藏着大炮……

本来就是乡下小子嘛
关键是学会了振臂、高呼
关键的关键是
把精华都集中到了
眼光上，炯炯的

赏析：诗人运用最轻松的语言来诠释伟大的历史人物，看似漫不经心的叙述，却收到一种出其不意的效果。人物形象鲜明，但在叙事上点到为止，以艺术上所强调的留白，给读者留下广阔的想象空间。(蔡景湛)

养护站长

都端起来
举过头去
一口就喝下了
国道坡头段那满天繁星

别说红脸是烈酒所赐
主要是笑纳了烈日精华
亮起黑膀子震天一吼
青春就吓跑了几十年

敢挑起这工头
就不怕狂风暴雨
敢摘下嘴角的大血泡
砸向鬼哭狼嚎的黑夜

石泥和坡头精神
是字典里难找的两个词
可这填在破烂道上的石泥啊
却亮起了坡头精神

老了吗？老了就回湖光吧
再开两条悠长的标准水沟

顺着村子的边儿打个旋
流向雷州

注：坡头、湖光、雷州均是地名。

赏析：字里行间，人物形象栩栩如生，公路人的大无畏精神更是豪气万丈。劳动不分贵贱，以自己的活法去享受生命的人，无疑就是智者。法国思想家蒙田说："我们的生命受到自然的厚赐，它是优越无比的，如果我们觉得不堪生之重压或是白白虚度此生，那也只能怪我们自己。"公路人在艰难的环境里，遇山开山，遇水搭桥，总在抬起头时看到了希望。（蔡景湛）

最后一幢烂尾楼

就站在城中央，很是自若
一年年过去了
越来越矮
越来越暗
而故事的版本
却越来越多

每次我从那里经过
先瞅瞅城市
再瞅瞅它
然后想着它的故事离去

赏析：每个城市，都有很多烂尾楼，而它们的故事，都不一样。诗歌中渲染着悲凉的气氛，简单的文字，将落寞与凄凉的意境呈现得淋漓尽致，喷发出一种暗流涌动的感伤。不过希望藏在题目之中，我们庆幸这是最后一幢烂尾楼。但其实，我们何曾不是一幢烂尾楼，别人经过我们，也想着我们的故事离去。(蔡景湛)

福哥的歌谣

看见福哥
就等干看见了大海
等于看见了大海的沉默

福哥很少说话
他的女人也很少说话
他的家像大海一样沉默

福哥赶船，女人赶海
女人下完崽三五天，就下了海
身子骨依然壮实

那年大霜冻死番薯
那年福哥女人赶了三百次海
但有一次没有回来

福哥依然少说话
但开始唱歌，开船绕着那片海
一夜一夜地吼

海依然沉默，还阴着脸
福哥唱的那首歌
成了赶船人的歌谣

赏析： 口语化的平实语言，活脱脱地写出了福哥、福哥女人、福哥一家的生活，以海为生，寡言木讷，勤劳卖命，像大海一样沉默。诗歌以点带面，沉默得让人心痛，悲悯着这阶层的劳动人民，意境高。由沉默到开始唱歌，“一夜一夜地吼”是夫妻情深，更是对命运不公的叩问，对平安的祈求。（支贤）

异乡一梦

在异乡的城市
我做了这样一个梦
至今未走出，千百年前那片林子

古战场，杀声震天
树林深处，敌方将领马失前蹄
头盔滚落，秀发飘飞如柳絮
原来是柔弱女儿身啊
我收起刀，向她伸出手
她缩回手，怨恨如夕阳……

终于，我和她拥抱在一起
虽然，隔着冰冷的盔甲
“跟我走吧”
“……不能，离这里很远的渔村
有老父老母”

赏析：这是一首很有力量，又很凄美的诗歌。英雄与美人，战争与爱情，自古都是永恒的话题。诗人擅用特写画面把其中的复杂故事抽丝剥茧，抛给读者最矛盾、最揪心的视觉聚焦点。“跟我走吧”“……不能，离这里很远的渔村／有老父老母”这话剧式的对话，让故事戛然而止，留有余味。但作者最终想表达的主题是什么呢？战争、爱情原来只是其表，浓浓的乡愁扑面而来。（支贤）

家乡的月亮

我曾经瞪着饥渴的眼睛
在家乡的每一个角落
凝望月亮
期盼能捡到一块金色的月亮叶
直至，长大那年入了城

我曾经眯着蒙眬的眼睛
在城里的一方阳台
寻望月亮
渴望能映出家乡的屋角
地堂、草垛、山坡、小河和田野

月亮会掉金叶子的
奶奶说，因为月亮上有金树
月亮里藏着家乡的
父亲说，只要你用心去看

奶奶与父亲，至今都已睡在
家乡的草坡上

赏析：“一块金色的月亮叶”，作为无形的抒情线索贯穿全诗，意象巧妙；“期盼能捡到它”，就是一种乡思、乡情、乡恋的流露，这种感情流淌在血液中，烙在骨子里，是一辈子感情的源头、自我认知的根。心里藏着家乡，月亮里就藏着家乡。（支贤）

凤凰花开

无数火鸟
驾着火烧云来
栖满港城的夏日

风从枝头出发
摇摆着身姿
一条街道，一条街道溜达

在海北路九号
我看见一片花瓣
翻译了，一对新人的脸

赏析：诗人用独特的意象“无数火鸟/驾着火烧云来”，写出了凤凰花开、红云几万重夏日港城的美艳、热烈。“栖满、溜达”信手拈来的动词，写得很有情趣。最后一句有诗歌主题升华的句子，形神兼备，美妙醉人：“一片花瓣”“一对新人的脸”。（支贤）

话　梅

有一个夏季
你紫红的色调儿
铺满了黄昏的西天

有一段冬日
你酸涩的味道儿
充盈了诗笺的小间

春意朦胧，秋绪瑟瑟
只愿如你——
淡雅浓郁总相宜

赏析：舌尖的味道，隐约带有心的感悟，带有情感的流露。以小见大，品话梅的不同味道，便能品人生与情感的绚烂、酸涩、朦胧、瑟瑟，进而深知一年四季淡雅浓郁总相宜。这是诗人大气诗歌风格中的一朵小浪花，俏皮可爱。（支贤）

寒山寺钟声

起初钟声来自村外破落的校舍
起初寒山寺近乎于校舍的概念
上学的小路
踯躅着饥饿太多的童年

时常咀嚼父辈的眼神
时常把古老的诗意遥远的客愁
朗诵
充饥

村头的老树每有乌鸦啼叫
正是天降寒霜的年头
也有长满枫叶的桥
虽然夜里没有钟声

后来去了寒山寺的邻居女孩
更美了
后来童年走出小路
一夜住进姑苏城
却没有听到钟声

赏析：破落的校舍，踯躅着饥饿……可见他的童年很苦，求学之路很难，却能时常把古老的诗意遥远的客愁，朗诵了，充饥了，估计是，学校上下课的钟声，常常让他想到了寒山寺钟声，想起了张继的《枫桥夜泊》。看吧，他的村头也有长满枫叶的桥。后来，他如愿以偿，一夜住进姑苏城，却没有听到钟声，有点遗憾。我在想，艰苦却能感受到诗意的童年，一定让他更懂得珍惜。珍惜现在，握住当下，想必会过得更美好，正如那个去了寒山寺的邻居女孩，更美了，更美了！（五点）

世纪广场女人自杀记

最后，广场保安从地下车库
把一辆电单车搬上拖车
运向报废厂

此前十多天
这辆电单车，在将要盖满灰尘的时候
被拖向地下角落

曾经有人借着微信
在传与这车有关的，一摊鲜血
一绺乱发。但很快便消停了

再往前，那应是午后
一辆救护车摇着惺忪的灯
驶向一群不停摇头的人

还是往前，也就是二十多分钟
这世界多了一声闷响
和几声尖叫

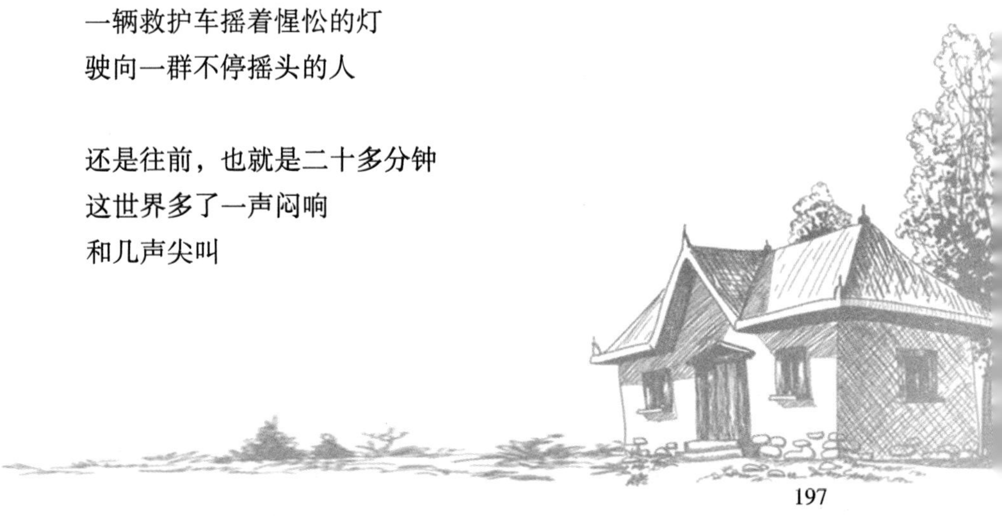

赏析：当有人向你复述一个生命如何离去，也许他讲得越冷静，越细节，他内心受到的冲击越大。至少，我感觉到，这个生命已在他心底引发了某种声音，比如闷响，尖叫，或者抽泣，这些声音，正与他的心跳共振。震到你了吗？

很显然，诗人反对轻视生命的行为。（五点）

一头秀发

——致一位女诗人

没有岁月的浇灌
怎会郁郁葱葱
几许白丝
有如飞瀑溅出的水花几朵
人生五十，青春正好

打开窗棂吧
放入阳光一地
再抓一缕花香，绕个发结

若有微风，更好
那温柔，那诗香，那飘然的故事
一定会洒遍小城

赏析：几许白丝，有如飞瀑溅出的水花几朵——如此开豁、从容，不仅属于女诗人。我相信，在岁月的浇灌下，只要心中扎下诗的根系，就能让生活的手，抓一缕花香，绕出一个发结，甚至一对戒指。（五点）

小　云

高高地，飘在天上
我如何能把你看清楚
我也要飞到天上去
像吻棉花糖一般，吻你

如果有一天，我累了
从天空掉落山野
请你，为我撑一块绿荫
让我能舒坦地，躺着望你

怕只怕，你又下起小雨
我知道，那是你嘤嘤哭泣的眼泪

赏析：这到底是一个像云般轻盈素雅的女孩，还是一片如女孩般多愁善感的云？我能肯定的是，有个男人希望插上翅膀，给她棉花糖般的吻，希望掉下来时，能得到她一块绿荫，情到深处时，却害怕看见，她哭泣的眼泪。（五点）

雨　芙

是雨花，开在芙蓉的蕊里
而非芙蓉，开在小雨里

白的，红的，白里透红的
一片片，一轮轮，一朵朵
圈着的，都是念想

昨夜我路过寸金公园
又听到了，小雨与芙蓉的对唱

赏析：雨与芙蓉，能建立什么样的关系？且听他娓娓道来——昨夜我路过寸金公园，又听到了，小雨与芙蓉的对唱。多么美妙，动人的情景，仿佛一个彩色的女子，依着雨点轻歌。美无处不在，这次他发现了“雨芙”。（五点）

收藏秋天

叶子在离影后瑟瑟落下
随几步，停住
稍顷又动了几下
我收藏了这秋叶的痴情

饱满的谷穗低着头
好像那年那月的一袭羞涩
就站在梧桐树下
我收藏了那隐隐的目光

火红的枫叶燃烧了回忆
灰烬洒一路
拼命追到风的源头
我收藏了，一阵子的痛

赏析：山上有纷飞的落叶，田里有金黄的稻穗，少年的心过早成熟，那份痴情的眼光，那份痛苦的回忆，真的能收藏得住么？秋去秋又来，诗人的心，一阵阵的痛！话不在多，三段就行！（何武豪）

桃　花

儿时，最美的花开在灶台
袅袅娜娜的火花，带着香气
那时，我的世界里没有你

起初，是陶渊明把你带来
“不知有汉，无论魏晋”的你
花影朦胧，花香遥远

一直不知，大圣偷吃的蟠桃
竟然是你的果实
令你丧失了，太多神往

后来是崔护，把你写成爱情
“去年今日此门中”
仿佛让我看到了，你的艳丽

第一次见你，是在大学时
有人向我喜欢的她，递出的
不是玫瑰，是白里透红的你

赏析：云梦之中，桃花如火，这是情之始；及至长大，懂得什么是白里透红，而花香花影，俱成云烟，这是憾之始。诗中的“你”与“她”，在最后重叠，构成镶嵌玉石的质地，完成了对桃花的认知，也完成了对爱情的认知。妙！（何武豪）

一位嫁到古镇的姑娘

在父辈的臂膀下
学会用舞动，抒写激情
任衣袂绚丽天空

习惯于披衣疾书的背影
却在灯影里
染上韩流

一身鲜艳，激活褪色古镇
情归何处？半岛边角上
一段悠长的青石路

赏析：先别说这诗背后的故事，单从这衣袂飘飘，灯影书香，就知道这是一位让人倾心的好姑娘。古镇上的那位新郎，真有福气！诗中有祝福，亦有惆怅。诗虽短，情幽深！（何武豪）

年初一

今晨的阳光
是否已洒进了，你昨夜的梦

在昨夜的梦里
你是否描绘好了，今年的风景

听见火车的长鸣么
那些鞭炮声，让他赶得胡乱地跑

院子里的兰花早开了
红映笑脸，香溢墙头外

就让饱睡的心
快快醒来吧，春意正盎然

赏析：诗毕竟是诗，营造一种诗意不容易。阳光、笑脸、兰香、火车声、鞭炮声，一切是那么美好，一切是那么春意盎然，诗意也就出来了！诗中有朴素的情感，有人间岁月的喜悦！（何武豪）

归　鸟

前面是森林，后面是大海
闭上眼睛滑翔
是回家的最美姿势

感谢浪坡上入梦的日子
四季的故事
因此有了炫丽的边框

先把沧桑收拾
先把伤口掩藏
终归成了，最后的抉择

赏析：生活是锐利的，连飞鸟也容易受伤。所幸村后的那片林子，能把人和飞鸟的悲欢掩藏，伤口看不见了，只剩下沧桑！诗中有泪，但诗人噙住了！（何武豪）

七夕黄昏

橘黄色的云
汪着多年的翘盼，与清泪

灯柱撑起渴望的眼
思念在黄昏六时，沾雨

终于在某一拐角处
有一条短信，飘飞如裙裾

赏析： 一首简单而不俗的情诗，情满意动，把心绪表达得淋漓尽致。喜欢这些显而易见的技巧，给一个支点，一根木棒，就能撬起整个地球。(伊萍)

遥望你生日的烛光

遥望你生日的烛光
我慢慢地吮吸
你沾满香槟的泪光

我要跑回三十八年去
去搜回那一夜揪心的呻吟
那一串焦虑的眼神
以及那一声惊天的啼哭
再抓回几把微风
合在一起
给你编个美丽的花篮

我要跑到二零五零年去
去到那公园的树下
去给你理好乱发，抚平皱纹
然后给你披上彩衣
再招来飞船
载着我俩
迎着月亮飞到天上去

遥望你生日的烛光
我不停地放飞
那穿越时空的念想

赏析：一句“我不停地放飞/那穿越时空的念想”，就让人动容。有些情，不必说出来，只是彼此轻轻对视，心就颤抖。无论时间、空间如何变迁，用心好好爱身边的人，就是人生的幸运与幸福。祝福！（伊萍）

碗

身子被填满时，我最沉重
却感觉充实并快乐着
我喜欢奉献的人生

躺在橱柜里时，我最舒坦
却感觉空虚并忧患着
我担心人间的温饱

我的心事啊
如秋日里的蝉儿一般
像阳光下的花儿一样

如果有一天，我全身崩裂
请轻轻地，轻轻地
处理我的尸体

赏析：碗，用拟人手法，赋予其生命和精神。诗人把自己的人生态度与碗的朴实内质巧妙结合，道出心底里最原始的人生观和价值观，内心“像阳光下的花儿一般”纯净芬芳。点赞。(伊萍)

烈士公园

是烈士
飘落大地的一抹笑容
长出的花朵

是烈士
留给后辈的最后叮咛
化成的鸟鸣

是烈士
一个个鹅卵般心愿
筑成的林荫小径

是烈士
收集悲伤的眼泪
汇成的，让幸福泛舟的湖

赏析：这首诗反复读了几遍，甚是喜欢。引人入胜，让人想象，作者经过庄严的烈士碑，无论静立仰首或放轻脚步，都心怀深深的敬意。诗人以直抒胸怀的表达，让我们读出烈士的闪光灵魂。一首小诗里，意象叠嶂，恰好承接内心的汹涌澎湃。好！（伊萍）

丽江古城

噢呦喂……谁能忘怀
茶马古道上，那声声吆喝
千百年，马嘶铃摇
染红了边陲高原

八百年前的一个雨夜
曾有一个温柔
让我，在这里停留
热泪衣袂，割不断归途
马蹄声湿，敲碎离人梦

今夜寻梦
我醉倒，小桥流水旁

赏析：开篇调皮的言语，惊叹欣喜，与景色的美相呼应。丽江古城的静寂，被诗人从古老的流水里渲染，哗然而动，却又让人肃然起敬。若隐若现的场景，似梦非梦，让人流连让人醉。（伊萍）

海北路九号

在一片海的北面
紫荆花飘飘洒洒
有一段路
从一个年头
向另一个年头延伸

那里有一扇斑驳的门
轻轻掩着
河水一般的往事

第一次走出九号
光光的小脚丫
把岁月敲得咚咚乱响

第一次背起行囊
让海风赶着
朝北风吹来的方向出走

那年让一个黑色邮戳
深深地戳痛了心
那年老花树下的绿色邮筒
忧郁了整个绵绵的冬天

后来夕阳不再溜走
青葱的梦化成霓虹
后来星星逃离了夜空
从此不再唧唧地叫

海北路　这个季节
又有很多叶子离开老树
静静地躺到锃亮的路上
一辆辆车
带着浓浓的水汽开过

九号的后面是十号
十号的故事或许相仿
或许又迥然不同
海北路　从一个年头
向另一个年头延伸

赏析：这首诗的语境为真实的，从眼前的花开花落，飘飘扬扬，触景生情，把镜头由近移远，再由远拉近。“从一个年头/向另一个年头延伸”，在灵魂的深处，沉淀日子朴实的味道。再看，打开岁月的门，斑驳，就是一种乡愁。因为诗人有一双慧眼和顿悟的心，他能发现生活的真谛，并用自己独特的视角看风景，所以造就他的诗意人生。

“河水一般的往事”，被关在门的里外，这让人思考，也让人想象。人，出门与归来，倚门站着，或拉着旧了的铜环，轻敲门，这是一种温暖的生活情怀。这些简单又蕴含的句子，让人读之，回味无穷。

而诗歌的后几节，不断地推进，诗人跟随自己的成长足迹，一行扣紧一行，把自己的情感释放，又握住一条绳索，把握荡起来的高度，恰好能叙述表达到位。海北路，就像一根血管，流畅于这片，顺利通向生动的心脏——九号。

喜欢诗歌的末节，特别在诗的结尾，重复着“从一个年头/向另一个年头延伸”，仿佛看到他穿过迷茫的年少，走过驿动的青春，站在成熟的阳光下，身影是如此的清晰稳重。结尾也是有力的回应，回应他行走的路，进出的九号，有着清脆的声响，不经意地把十号亦感染了。正如尼采所说：“出于爱所做的事情，总是发生在善恶的彼岸。”（伊萍）

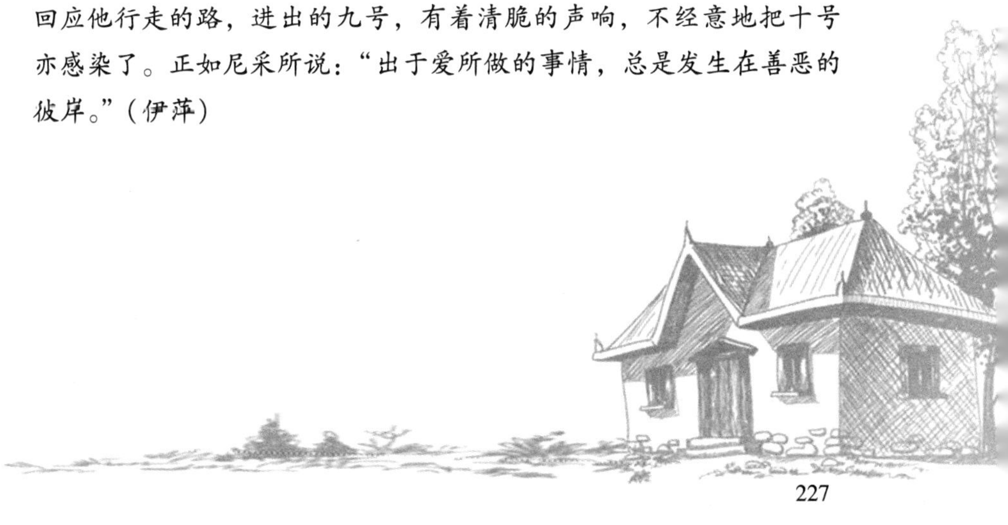

后 记

来到这地球没几年，村里的伙伴就用小拳头告诉我：你是地主仔。小时候，我时常在父辈的倔强与艰辛里，默念着父亲教我的唐诗，呆望天空飞过的孤雁。后来，我把童年的这段经历，总结为“与诗的原始结缘”。

初中时，一群诗人来到我就读的农村中学，到处跑到处喊，说太美了！太有诗意了！我的语文老师是一位文学青年，拽着我一起张望，还壮着胆子把我的一首小诗给他们看。我很紧张，诗人们也有点错愕。谁知他们还没怎么看就一窝蜂叫好，说太美了！太有诗意了……后来，这首小诗成了我人生发表的第一首诗。诗人们把刊物寄到学校，我翻看了几百遍，盖在脸上闻了几百遍，最后把书藏到土房的梁角上。

高考那年，为了挤上那命运的独木桥，同学们争分夺秒，把脸色熬得绿绿的，身体瘦弱的我更是经常头疼。一天晚自修，我把一首刚写好的诗递给同桌看。他惊诧得不行，身子猛地往后缩了大半尺，那鄙夷的眼神，让我多年后想起还头皮发麻。我想，在人生那个关头还能写诗的我，体内应是流淌着诗的血液。

再后来，从大学开始，诗就真正进入了我的生活，虽然写得断断续续，但一直坚持。诗歌陪我爱，陪我恨；陪我欢笑，陪我忧愁；陪我前进，也陪我迟疑；还陪我感悟，更陪我忧国忧民……二十多年来，我不仅收获了充实，还发表了几百首诗作。

诗发表多了，诗友们便屡屡劝说：出一个本子吧！但我对出诗集是没有信心的，我怕世上又多一堆装潢漂亮的垃圾。

今天，诗集《海北路九号》还是面世了！这里面有个人思想上的转变，但更多的是良师益友的启发与帮助。在这里，要感谢全国著名作家、诗人洪三泰老师的悉心指导与热心评诗！感谢老作家陈迅先生在百忙中作序！感谢湛江市作家协会主席陈通先生、红土诗社社长墨心人先生、资深编辑邓亚明先生，以及符琪驿、邓文高、邓存波、栀子、伊萍、支贤、五点、何武豪、周虹、蔡景湛、周立熹、笑笑、安之、邓文清等！正是以上老师和诗友们的雅评，令本人的集子大为增色。

佛语说“世道轮回”。压抑的童年，却教我爱上人类最高贵的语言——诗歌。我爱这轮回，因为轮回给我的，是诗。

与大家共勉！